농사꾼 선종구의
여자만汝自灣 소식

농사꾼 선종구의
여자만汝自灣 소식

초판 1쇄 인쇄	2016년 3월 15일	
초판 1쇄 발행	2016년 3월 22일	
지 은 이	선종구	
펴 낸 이	이춘원	
펴 낸 곳	책이있는마을	
기 획	강영길	
편 집	이경미	
디 자 인	배기열	
관 리	정영석	

주 소	경기도 고양시 일산동구 장항2동 753 청원레이크빌 311호
전 화	031)911-8017
팩 스	031)911-8018
이 메 일	bookvillagekr@hanmail.net
등 록 일	1997년 12월 26일
등 록 번 호	제10-1532호

ISBN 978-89-5639-246-2 (03810)

농사꾼 선종구의

여자만汝自灣 소식

책이있는마을

농사꾼 선종구의
여자만汝自灣 **소식**

펼침

참 오랜 시간을 여자만(汝自灣) 소식에 빠져서 지냈습니다. 어느 날 숲속에서 날아 오는 한 장의 엽서처럼, 혹은 연서처럼 오는 편지들을 열어보는 맛은 말로 설명하기 어렵게 삼삼했지요.

들판의 바람과 비와 햇볕 이야기, 살아서 숨쉬는 갯벌의 이야기, 발치에서 빛나는 이름 모를 들꽃 이야기, 농사를 짓는 때마다의 풍경, 읍내 막걸리 집 이야기….

그렇게 매일 소식을 받아보다가 어느 가을날 찾아간 여자만은 푸른빛과 황금빛과 검은색이 어우러진 들판이요, 바다였습니다.

어느 고향인들 그렇지 않을까요. 어느 시골인들 그렇지 않을까요. 우리가 떠나온 곳, 언제라도 돌아가고 싶은 곳, 몸도 마음도 묶여버린 차디찬 도시의 그늘에서 까마귀처럼 쓰레기봉투를 찾아 돌아다니는 내게 있어서 여자만은 어머니의 품 같았습니다.

갯벌 앞에 마주 앉은 시인은 살집 없이 뼈만 굵은 농사꾼이었습니다. 막걸리에 갯벌에서 나온 세발낙지와 꼬막을 놓고 하릴 없이 이야기를 나누었습니다.

지나간 시절에 받아들었던 수많은 소식들에 대해서 고맙다고 말했습니다. 참 좋았다고 말했습니다. 떠돌이 같은 나에게 있어서 돌아갈 곳이 생긴 것만 같아서 염치 없이 귀촌을 그린다고 말했습니다. 꿈에 자격이 있으려고요.

'쟁기질을 하다가 말고 내 식구들 사는 집을 돌아보며 썼지요. 한여름 뙤약볕 아래에서 피를 뽑다가 썼지요. 가을 추수를 하고 텅 빈 들판을 바라보다가 생각이 나면 형한테 한바닥씩 보냈지요.'

그렇게 고맙게 받아보았던 소식들은 이제 한 권의 시집으로 묶여서 세상으로 나가게 되었습니다. 빌딩들의 그늘에서 나처럼, 번쩍이는 네온사인 틈에서 나처럼, 꿈을 잃어가는 나처럼, 혹시 슬픈 누군가가 있다면… 여자만 소식은 고향의 소식이 되어줄 것 같습니다.

혹은 꿈이 되어주겠지요.

손승휘(소설가. 시인. 프리랜서)

1부

—

첫눈

시인, 그대

스스로 불타
공전하지 않는

아무 생명이 없는

겨울 밤하늘에
돋은 오리온 좌

첫눈

첫눈은 그들에게 주라
세상의 징검다리 끝까지 뚜벅뚜벅 걸은 자들에게
빛날 것 없는 자전거를 타고 논둑길 오가다
빈손으로 목침 베고 반드시 누운 이들에게
깨끗한 수의 한 벌로 주라

첫눈은 그들에게 주라
땅에도 공중에도 아득히 집들인데
세 식구 시린 등짝 하나 붙일 곳이 없으랴만
없어, 진짜로 없어 지하 반 지하
볕 드는 쪽창 하나가 소원인 이들에게
주라, 햇살 환한 아침 창으로 주라

첫눈은 그들에게 주라
두 손으로 감쌀 것은 자기 얼굴밖에 없는 비통한 자들에게
버림받은 주검을 안고,
자기 피와 살을 말려 진실을 외치는 자들의 마른 어깨 위에
벗어서 건네는 미안한 외투처럼 주라

모든 울음의 시작과 끝,
너무 커서 듣지 못한 거대한 무너짐으로
더 이상 낮아질 데가 없는 초겨울 들녘에 내리는 눈발이여
밑동이 잘리고 볏짚까지 쓸어가 버린 들판에
따스한 이불처럼 쌓이는 저 눈만은
그대로 두라, 천천히 스며들게 그대로 두라

장선포

날아오른 갈매기 한 마리가
몰아치는 해풍에 자꾸 뭍으로 밀린다
몇 번이고 날아올랐다가 결국
옹삭한 갯바위에 주저앉는다
한 몸뚱이 너끈히 받쳐주던 바람이
오늘은 가로막은 장벽이다
지 뱃속을 비우고도
바다로 나가지 못하는 새,
고된 날갯짓으로도 전답에
부리를 박지 못하는 어미가 있다
둥지는 자갈밭에 있고, 해송들의
몸은 모두 바다 쪽으로 기울었다

홍매

이 사람아, 홍매는
나뭇가지에 피는 꽃이 아니야

능소화 따먹고 눈멀은
여인네의 눈물이
은하수 찬 물속을 흐르다 흐르다

청사초롱 아직 밝은 님의 창가에
붉은 눈송이로 하염없이 나리는데

더듬더듬 내리는 언 눈물을
보다 못한 매화나무가
두 손으로 받아 안은, 그 꽃이 홍매라네

구제역

온 나라에 역병이 돌아
수백만 마리의 소 돼지가 구덩이에 파묻히고 있다

이슬 맺힌 풀 한 포기 뜯어본 적 없고
구정물통에 코 한 번 박아보지 못했다
오로지 등급 좋은 고깃덩어리가 되기 위하여
질척이는 똥오줌 위에 갇혀 있던 이들이
도살장으로 실려가는 날이 유일한 나들이던 이들이
영문도 모른 체 한꺼번에 실려가 생매장되고 있다

온 나라에 역병이 돌아
수백만의 소 돼지가 사람들 대신 죽어가고 있다
쉬어터진 일회용 도시락을 던져버리듯
사람들은 그들을 파묻어 버렸다

이 눈이 다 녹고 몇 번의 봄이 찾아와도
그들이 파묻힌 그곳에는
풀 한 포기 자라나지 못할 것이다

넙데기 어멈

눈 펑펑 내리니 보고 싶네
넙데기 어멈 생각나네

고무 다라이에 동태 갈치 납사구 흔한 갯것들을 이고 장날마다
찾아오면, 엄마는 광에서 보리쌀 한 됫박 퍼주고

동네들 다 돌아 날은 저물고 눈에 발목은 잠기는데
또다시 하얀 마당 건너오던 넙데기 어멈 보고 싶네

얼굴이 넓어서 넙데기 어멈
아부지도 할머니도 그렇게 부르던 넙데기 어멈

저녁밥 한 술 뜨고 가라던 엄마손 마다하고, 새끼들 밥 줘야 된
다고 성큼성큼 나서던 넙데기 어멈 생각나네

검정 목도리에 큰 얼굴, 이젠 하얀 눈발 속에서 가물거리지만
이리 눈 내리니 보고 싶네 넙데기 어멈 생각나네

서울 1

신세계백화점과 쇼핑몰이
한데 얽힌 강남 고속버스터미널
시집이나 한 권 사 볼까
그 넓은 홀과 백화점 매장들을
오르락내리락하다가
결국 포기하고 말았다
수입명품 매장과 커피 집,
먹고 입는 데는 없는 것이 없는
그곳에 서점은 찾을 수가 없었다
자판기 옆, 오각형의
가판대에 책들이 꽂혀 있었다
몇 권의 시집들이 예쁘고 먹음직스러운
음료수처럼 진열되어 있었다
시집 귀퉁이만 한참 바라보다가
비타500을 사들고 개찰구로 향했다

이마트 주차장에서

넓은 주차장을 가득 채우고
갓길까지 늘어선 저 자가용들이 진정,
인간이 이룩한 기계문명의 꽃이라면
씨 맺히고 퍼지는 꽃심은 어디인가
제 힘을 스스로 주체하지 못하는 강력한 토크의 엔진인가?
클러치도 필요 없이 액셀만 밟아대는 트랜스미션인가?
차체를 받쳐주는 충분한 강도와 밸런스를 잡아주는 무게,
거기에다 미려한 외관까지, 체體와 용用을 모두 갖추고
완전체로 진화한 알루미늄 휠들을 보라
밤을 잊은 구두코와 번쩍이는 하이힐들을 보라
수북한 쇼핑카트를 밀고 오는 여인네는
만삭의 산모처럼 충만하고 당당하다
젖은 날 재수없게 개 한 마리를 칠지라도
피 한 방울 맺히지 않고 구르는 휠이야말로
매일 올라타 굴리는 저 휠이야말로
무한 변신과 재생이 가능한, 수천 수만의
홀씨로 퍼지는 자본의 꽃심이 틀림없다

흥남부두

진눈깨비 내리는 벌교 장날
우체국 앞 승강장에 군내버스가 들어서자
순식간에 이곳은,
눈보라가 휘날리는 바람찬 흥남부두다
젊은 기사가 자리 많다고
아무리 악을 써도 막무가내다
일단 장짐부터 뒤 창문으로 밀어넣고 본다
포성 소리는 점점 가까워져 오고
이 배에 못 오르면 온 식구가 포탄에 맞아 죽고
보따리를 놓치면 새끼들이 굶어죽는다
가난한 나라에서 돈 벌러 온 외국 노동자는
신기한 눈으로 쳐다보고
나는 티눈 박힌 하늘만 올려다본다

저 소나무

젖은 발등
칼칼한 목소리

한 번도 고개 숙여본 적 없다

온몸으로 사상思想인 나무
저, 소나무

눈 내리는 날

기다리던 사람 대신
눈 내린다

함박눈 내린다

그래도 한 번은
와야 하지 않냐는 듯

지친 개

　　　개친 개

내리는 눈발

굿거리로 들어 휘모리로
오지게 혼자 보는
매굿

얽히고설키며 애썼던
한 해 농사가

창밖 마당에서
다 이루어지고 있으니…

벌목에 올라

어릴 적 뛰놀던
마을 뒷산 벌목에 올랐다
겨울이면 온 산이 떠나가라
전쟁놀이하던 아이들의 함성은 없다
무 서리를 해다가 시시덕거리며 먹던
커다란 저금바위도 야산의 볼품없는 독뎅이일 뿐
편을 갈라 축구를 하던 이곳이 몇 걸음이 안 된다
허물어진 봉분 두 개가 겨울 햇볕을 쬐고 있는
벌목은 숲이 아닌 빈 집 같다
아이들이 떠난 뒤 새들도 사람을 등졌는지
한겨울까지 열매를 달고 있는 멀구슬나무가
새들을 더 그리워한다

다산초당

   천일각에 이는 솔바람은 얇은 어깨를 스치고
   끝내 배를 띄울 수 없는 강진만으로 불었다

   그저 차 맛을 즐겨 눈 덮인 백련사의 산길을 걸어 넘지는 않았
으니,
   초가 뒤 바위에 그가 새긴 두 글자는, 기우는 한 시대의 몰락을
예견한 불우한 혁명가의 초상이 아닌가

   백년의 소나무, 백년간의 바람이 분다
   붉은 꽃망울 맺힌 동백의 뻣신 잎사귀에 눈발 나린다
   계곡을 메울 듯이 산허리를 무느며 퍼붓는 눈발,

   남도답사 일번지 다산초당, 황칠나무 아래 춘란이 자라고 아이
들이 다람쥐처럼 산길을 뛰어가는 설 샌 늦겨울,
   유패와 동정도 아니고, 쓸쓸함도 아닌, 바람은 부는데 너무 잔
잔한 강진만 푸른 바다를 바라보았다

설날

　못 보던 승용차들이 마을회관에 늘어서고 동네에서도 몇 안 남은 굴뚝연기가 아침부터 부산스럽다 설날이다

　대목 장날 아부지가 사온 새 옷을 자다가도 꺼내보고 무담시 떼지어 신작로며 골목길을 뛰어다니기도 했다 꼭두새벽 할머니 따라 리어카 끌고 밤중에야 돌아오던 선근다리 떡 방앗간 틈도 없이 늘어선 다라이 앞에서 농사일이야 자식들 자랑이야 끝도 없이 이어지던 엄니들의 새살이며 쑥떡 시루떡 가래떡 혹 하고 하얀 것이 시커먼 천장을 반 남아 채우고 밀창문에도 서리는 것이었는데

　컴퓨터 놓고 다투는 조카들 등쌀에 토방에 나 앉았다
　뒤 대밭에선 쌀 씻는 소리가 나고
　친구들의 귀향은 조금씩 늦어지고 있다

요즈음

셋만 모이면 한 명은 죽고 싶다고 한다 요즈음은
사방에서 죽고 싶다 한다

몰리고 몰린 마누라가 띄운 마지막 승부수는 다단계고
퇴직금 몇 푼마저 빚으로 꼴아박은 실직의 둘째형님이 죽고 싶
다 하고 올해 딸기농사를 망친 두 살 많은 동네형님이 죽고 싶다
한다

농약을 마시고 가버릴까 몇 번을 고민했다는 말에
읍내에서 수박장사를 크게 하는 동네형님은 미친놈아 일년농
사로 죽을 거면 나는 수백 번은 죽었겠다고 술을 따르고, 행님은
비빌 언덕이라도 있지라
농협에서 빚 오백도 안 내주는 우리는 어찌 살겄소 죽어야제!

악을 쓰며 술을 따른다 두 달에 한 번 보는 동네청년회 뒤풀이,
정년이 65세인 청년회에서 육십도 안 된 새파란 사람이 죽고 싶
다 하고 베트남 마누라 도망가 버린 두 후배들은 말없이 술만 죽
인다

사방에서 죽고 싶다 하고, 진짜로 죽어버리는 요즈음
　그 말이 겁이 나서 새벽 2시까지 술을 따르고, 정녕 내 속의 말
은 내보지도 못하고 돌아오는 춥고 어두운 읍내의 겨울밤

어느 날 밤

새벽에 홀로 깨어 앉았다가
거실 한 귀퉁이,
작고 노란 텔레토비 책상을 끌어당겨본다
이래봬도 내 서안書案이다
책상 위의 물건들을 치우기 시작한다
티브이 리모컨과 핸드폰을 내려놓고,
줄자를 내려놓고,
미래강판에서 발행한 거래명세표를 치운다
이제 책상 위에는 담배 한 갑과 올해의 다이어리,
시집 두 권이 놓여 있다
무엇을 더 내려놓아야 할까?
작은 내 책상이 아직도 번잡하다

360만 년을 걸어

360만 년을 걸어
허름한 주막 앞에 도착했다
발바닥보다 가슴이 더 시린 오후, 자그마치 360만 년을 걸어 농협 대부계의 여직원 앞에 앉았다

가녀린 체구의 여직원 앞에서, 화산재에 내가 파묻혀 끝내 발굴되지 않을 미라가 된다 해도, 몰아친 해일이 온 들판을 쓸어버린다 해도 결코 씻기지 않을,
대출서류에 무수히 찍힌 인감도장을 지웠다

처음 장만했던 갯논 네 마지기를 처분한 돈으로
용암보다 붉은 인감도장을 지웠다

주린 배를 채우고 비바람을 막아줄 동굴을 찾아,
질척이는 화산재 위로 길을 나섰던 360만 년 전의 그 가족처럼,
우리 아버지처럼, 나도 이제 식구들을 이끌고 어디론가 가야 한다
갈 수만 있다면 이를 악물고 어디든지 가야 한다
360만 년을 뒤쫓아 온 진눈깨비가 주막 창을 갉아댄다

그럴 일은 없다네

나이 사십만 넘어도 위아래로 슬슬 눈치가 보이기 시작한다지?
'혁신경영' 신년사만 나와도 떠도는 살생부에 피가 마른다지?
멀쩡한 출근 가방 들고 집 나서서 공원으로, pc방으로 떠도는
도시의 사오정들이여!

나에게 그럴 일은 없다네. 내 소속은 남도 변방의 농사꾼이
고, 최고 직급은 동네 이장이었지만, 정리해고 명예퇴직 같은
것은 없다네
허나 자본의 그물은 성긴 듯 하나 놓치는 것이 없다 했던가?

남 보란 듯이 농사 한 번 지어보겠다고 몇 푼 얻어 쓴 농협 빚이
연체에 연체 새끼를 쳐, 하룻밤 사이 빈집 되어버린 찌그러진 고
향집이 있다네, 산골짜기 달뱅이 자락까지 싹쓸이로 떨이 치는 통
경매라는 것이 있다네

번쩍이는 외지 차들, 이리저리 손짓해가며 경계 측량하는 것은
여기서도 자주 본다네

부지깽이

정지 아궁이에서 불을 때다
아무렇거나 잡은 나뭇가지 하나가
손에 익으면 부지깽이가 되었다
옛날 어머니들은 이 부지깽이 하나로
못하는 게 없었다
갱물통의 돼지밥를 뒤집기도 하고
토방에 올라 똥을 싸대는 닭들을 쫓고
말썽 피운 어린 자식들의 종아리를 때리기도 했다
아버지가 돌아올 때쯤이면
아궁이 잉걸 숯에 노릇노릇 익어가는
갈치 석쇠의 받침으로도 쓰고
정지 흙바닥이 한없이 꺼지는
신세타령의 장단을 맞추기도 했다
불붙으면 갱물통에 담가 끄고
그럴수록 더욱 단단해지는 부지깽이는
어머니의 가장 친근한 부엌살림이자
손에 익은 연장이었다
동네마다 밥물 끓어 넘치던 아궁이 사라지고
부지깽이 같은 사람도,
그렇게 쓸 사람도 볼 수 없게 되었다

여자만汝自灣

바다도 아니고 육지도 아닌 더 이상
깨지고 부서질 수 없는 것들이 밀리고 밀려 쌓인 이곳
융기가 아닌 퇴적이라는 쓸쓸한 말의 거대한 패총 같은
이곳을 사람들은 갯벌이라 부른다

허지만 그믐밤의 갯벌이 어떻게
스스로의 눈빛만으로 빛을 내는지
부러질 발목도 없는 것들이 어떻게
서로의 뿌리를 엮어 숲을 이루었는지
핏물 배인 여자만의 갯벌이 얼마나 깊은지
사람들은 잘 모른다

제석산 자락마다 봉화가 오르고
밤 개 수상한 밤이면
어김없이 뿌려지던 허연 삐라,
여자 빨치산의 선무방송은 대밭을 가로지르고
운동장에 그어진 횟가루 선은
삶과 죽음을 가로질렀다

즉결처분된 아들의 시체를 찾아

다릿발을 헤매던 엄니들의 통곡소리가
갯물자락을 부여잡고 한없이 흘러가고
총탄에 터진 여자만의 하혈은
포구의 갈대들을 적시었다

물때는 변하지 않았고
중도방죽의 억새들이 허옇게 말라갈 때마다
살아남은 자들은 언제 찍어도 배경은 항시
겨울 같은 흑백사진 속의 사람들에게 절을 하고
생꼬막처럼 입을 다물었다

바다도 아니고 육지도 아닌 이곳
밤하늘의 성진보다 많은 갯 구멍 속에서
끝끝내 살아 숨 쉬는 것들에게
직립이란 오히려 거추장스러운 것이어서
뼛속으로 부는 겨울 갯바람을 안고
뻘배를 민다

숭어, 짱뚱어가 뛰고
치대는 갯물결 자국 지 몸에 새기며

바알간 꼬막살이 차가는 저 여자만을
이곳 벌교 사람들은
아무렇지도 않게 뻘밭이라 부른다

폐사지에서

이곳에선 오래도록 곡식이 자랐다
붉은 수숫대가 크고, 콩이 자라고,
메밀밭도 되었다
수없이 바뀐 어머니들은 매양 그렇듯이
호미를 달그락거리며 밭을 매고
널린 주춧돌에 앉아 참을 먹고
어린것에게 젖을 물렸다
산비둘기 울음 설핏하면
머릿수건을 무너진 돌탑에 탁탁 털고
집으로 돌아가곤 했을 것이다
그날의 불길과 아우성도
그렇게 평평해졌을 것이다
부는 바람은 곡식에 들고, 세월은
사람이 쌓아 놓은 것들만
키를 낮추어 놓았다

입춘제

눈 내린다 산허리에
눈발 날린다 수없는 잎들을
모두 버리고도 가보지 못한 길을
바람에 깨진 눈들이 대신 가고 있다

저마다 하나뿐인 열쇠의 형상으로
언 땅에 꽂혀 있는 나무들이여
지난겨울을 나기 위해, 너의 커다란 몸뚱이를 쪼개어
생활이란 장작으로 모두 써버렸으니
때늦은 이 적설을 무엇으로 견딜 것인가

곡기를 끊은 겨울나무의 숲,
산은 숲만을 보여주며 침묵할 뿐이고
지난 태풍에 쓰러진 침엽수의 뿌리는
아직도 완강히 돌덩이를 쥐고 있는데
아무렇게나 불러도 무성한 노래가 되던
소낙비의 계절은 눈에 묻히고,
서책으로도 묶이지 못한 잎새들 뒹구는
좁은 산길마저 하얗게 지워진다
서툴고 두려운 길,

검은 말발굽 몰아오는 길

오르던 길 죄다 끊어지고
눈 덮인 산정山頂에서
드디어 산은 나를 불러 세우고
공중을 향해 뻗어 올라간 수목樹木의 길과
오랜 나이테의 숲조차 묻어버린
거대한 산 하나를 보여주며 나에게 말한다
길을 찾지 말라고
계절을 믿지 말라고
저것들은 오로지 작은 씨앗 속에 커다란
지 몸뚱이를 구겨 넣다가 저리 된 것이라고
박명薄明을 핥는 무수한 혓바닥을
그리 피워냈던 것이라고

미곡美谷화실

그해 마지막 밤엔
눈이 나리었다
엔딩 스크린에 천천히 자막이 오르듯
대숲
헛청
뜰의 소나무와 마당
섬돌들이 차례로 오르고 사람들은
두 팔을 벌리고 눈을 맞았다
눈은 내리어 쌓여
산골마을 외길을 하얗게 끊어 놓고
화실의 봉창문이 군고구마 속살처럼 밤새 익어가던 밤
천천히 자막이 오르듯
마을의 커다란 느티나무 우듬지까지
환한 눈꽃이 번지고 있었다

새해인사

우리에게 몇 번의 모내기가 남았는지 모르지만
오늘은 건배

담배 끊고 술 끊고 와이셔츠 단추나 끝까지 채워보는
가장들의 쓸쓸한 결의를 위하여 오늘은 건배

우리에게 몇 번의 헐거운 가을이 남았는지 모르지만
오늘은 건배

봄 여름 가을 겨울, 가도가도 생활뿐이지만
돛배를 찾아 떠나지도 못하지만

보고픈 얼굴들,
붉게 타는 노을화덕에 둘러앉아
삼겹살에 깡소주라도 돌리고 돌리며
오늘은 건배

겨울비

빛이 되어 수억 년을 달려가도
만나지 못할 사람

찬 봉우리 만년설 되어 기다리다
기다리다 무너져도 오지 않을 사람

꿈길 언덕에 은목서 한 그루로 서 있는 사람
눈꺼풀 속에 꽉 찬 사람

소한 지난 겨울밤
빈산을 다 적시는 사람

귀가

가장들의 귀가는 언제쯤 당당해질까
처진 어깨 팍팍한 발걸음 대신 손에는
아들놈에게 줄 과자봉지, 아내와 나눠
마실 술을 사들고 콧노래를 흥얼거리며
집 앞 골목을 돌아들 수 있을까

하루를 더 살아 하루를 잃어버렸다고
우그러진 자기 그림자에 묻지 않고
고개를 들어 하늘을 보고
한 개의 별을 더 찾았다고, 가슴속에
빛나는 별무리가 떴다고
현관의 초인종을 길게 누를 수 있을까

겨울왕국

겨울 어느날 아침, 눈 떠보니 도시의 모든 도로가 하얀 얼음으로 변해 있는 것이었다 사람들은 변괴라며 밖을 나서지 못하는데, 아이들은 어느새 하나둘씩 얼음을 지치고 놀기 시작하는 것이었다

어른들은 돈을 벌기 위해 직장을 나가야 했지만 아무리 좋은 승용차도 쓸모가 없고 미끄러운 구두에 수없이 엉덩방아를 찧어야만 했다

누군가 어릴 적의 썰매를 타기 시작했고 미스 김도 양 부장도 회장님도 모두 아침마다 씽씽 썰매를 타고 출근하는 것이었다 뛰뛰 빵빵 입 경적을 울리고 어깨와 엉덩이를 서로 부딪쳐 가며 출근을 하는 것이었다

국회에도 관공서 주차장에도 자동차 대신 썰매가 채워진다고 한다

겨울이 되면, 하룻밤 사이에 그 도시의 모든 도로가 하얀 얼음으로 변하고 그 나라의 대통령도 아이들처럼 씽씽 썰매를 타고 다닌다는 겨울왕국의 이야기

겨울바다

한겨울에도
사람들이 벗어 놓고 간
부은 발등 씻겨주느라
쉬지 못하는 겨울바다가,
이것 보라고
이것 좀 보라고
하얗게 부르튼 손을
자꾸 내 앞에 내민다

안면도

안면도 꽃지해수욕장에 사는 노 부부는
오늘도 바다로 나가 싱싱한 바람과
물새들의 울음소리를 잡아다가 한겨울에도
둥지 속 제비새끼들처럼 재재거리는
사람들의 입속에 일일이 넣어준다
이 땅에 사람들이 살면서부터 그리해왔다는
소문 듣고 찾아간 꽃지해수욕장,
두 노인네는 어김없이 백사장에 닻을 대고
싱싱한 갯것들을 나눠주고 있고
파도에 씻긴 뱃머리는 버선코처럼 가뿐하다
철없는 아내는 이곳에 묵자 하고, 파도자락
햇살도 좋아 온 식구가 신이 났는데
난데없는 방송소리에 고개 돌리니
드는 밀물에 배 닻줄이
깜박깜박 잠기는 것이었다

깃발

높은 공중에서
흘러내리듯

천천히 나부끼는
거대한 깃폭이여

눈 맞은 백두대간 굽이쳐 흐르는
아, 이 땅의 산하여!

그 겨울의 첫눈

한바탕 눈이 쏟아지고
세상은 또 한번 숨이 죽고 간이 배인다

쓱 끌어다 덮어버리기엔 저 눈만 한 것이 없지
첫눈만 한 것이 없지
거대한 구덩이를 파지 않고도
성가신 것들을 죄다 묻어 버리는 눈

쯧쯧, 아직은 뜨겁다는 겐가
날리는 눈발들이 닿자마자 푸시시
꺼지고, 앞산은 허연 재를 뒤집어썼지만

이제 막 눈을 뜨기 시작하는 강아지 새끼들은
불온하다, 흐르는 강물과
처마를 벗어나는 연기는 금지된다
납작 엎드리지 않은 것들은 모조리
눈이 그리는 백색의 카드섹션에 동원되어야 한다

바야흐로 폭설의 계절,
차가운 양수가 차오르는 시절

얼마든지 퍼부어 주겠다는 듯
차벽을 친 하늘이 복면을 쓰고 밀고 내려오는
그 겨울의 첫눈

귀가
- 우리들의 밤을 기억하며

깊고 긴 여행을
마치고 돌아오면
사는 곳도 낯설어
강물은 더 멀리 흐른다

겨울 햇살 내리는
역사를 걸어 나오면
먼 집을 두고
또 다른 간이역에 혼자
내린 것 같은 이 마음

아, 사람이 그리워 우는 사람아
풍등 환하던 우리들의 밤에
영영 두고 내린 사람아

눈

어느 겨울날 새벽
밥물 끓어 넘치는 가마솥을
찬 행주로 휘 두르고

사발 가득 고봉으로 담던
허연 쌀밥을 본 적이 있는가

김이 펄펄 나던
살아 있는 눈을 본 적이 있는가

삼동三冬이면

삼동이면 윗목의 도마 소리에
새벽잠을 깰 때가 많았다
알싸한 무 냄새 파 내음새
하얗게 얼비치는 방문을
열고 요강 놓인 툇마루에 나서면 아,
마당이며 처마는 하얗게 부풀어 올랐고
감나무 가지 끄트머리까지
피어난 눈꽃이라니…

징징거리는 핸드폰 알람 소리에 새벽잠 깨어
아무렇게나 자고 있는 어린것들을 보고 있다
나는 무슨 소리 무슨 냄새로
이 아이들의 새벽잠을 두드릴 수 있을까
이제 내가 윗목에 앉았고
눈도 쉬이 내리지 않는 이곳인데
엄마의 도마 소리에 새벽잠 깨어
고추 잡고 요강마루로 뛰어가던
그 아이가 오늘은 너무 그립다

연말연시

벗들이여 어서 오시게나
노을화덕 뎁혀 놓았으니
붉게 저민 구름의 살에 소주라도
한 잔 하세나

한 해가 또 간다고, 지는 하루가
실명확인란 들이밀며 자꾸 사인하라는데
까짓거 쾅 찍어주고, 어서 오시게나 벗이여
젖은 바지춤 화덕에 말리시게

오늘은 벗어두고 마셔 보세나
강물은 차고 오리 떼는 노니네
내리는 눈일랑은 쉬엄쉬엄 지는
비의 잎이라 해두고…

떨궜던 고개 들면 한 해 정도는 그냥 가는 것
거친 꿈 설핏 깨면
뱃머리는 강변에 닿아 있지 않은가

아무리 던져도 닿지 못하는 강심

있는 힘껏 던져도 미끄러만 지는
계절도 없이 얼어버린 강물이여
뜨거운 발바닥, 몸뚱아리뿐인
더 내어줄 것도 없는 이 땅의 연말연시여

어서 오게나 벗이여
해가 저무네
반개한 저수지 주발 삼아
오늘만은 일배 일배 부일배 해보세나

나이 마흔에 우린

나이 마흔에 우린
갈대꽃 허리를 비추는 햇살 강변에서
술 한 잔 할 때가 있지
한 사람을 잃기도 하고
오래 헤어졌던 옛 친구를 만나기도 하지
어림잡아 마신 술병을 알고
그래도 이만큼 가정을 건사했노라!
내 삶의 곤조대로 이렇게 살았노라!
헛 웃음소리 높아질 때가 있지
금남로에서, 네거리에서 서로서로
어깨를 걸고 만났던 우리들
추운 바람에도 굳이 두꺼운 외투가 필요치 않았던
들끓던 그 겨울을 잊지 못해
노상 그 시절 이야기뿐이지만,
간이역의 기차는 기적도 없이 지나가고
돌아가는 자가용 운전석을 놓고
쓸데없는 실랑이나 이리 벌인다지

짜장면을 기다리며

점심을 때우러 몇 군데를 기웃대다 마땅찮아 짜장면을 먹기로 한다 파리가 먼저 앉는 탁자에서 짜장면이 나오기를 기다린다

벌교 읍내에서도 몇 안 남은 삼국지라는 고전적인 이름의 중국집이다 한때 이 땅의 호걸들도 큰맘 묵고 한턱씩 쏘던 것이 바로 이 짜장면이었다

이렇게 의자에 앉아 짜장면을 기다려 본 것이 얼마 만인가 한 그릇에 삼천 원, 철가방은 공사판으로 논둑으로 부리나케 날라 다니고, 식당 안에는 고흥 동강까지 배달이 되는지 물어보는 촌 노인네와 나뿐이다

짜장 국물 같은 주방을 바라보며 한 그릇을 기다리니 갈탄난로 냄새가 나고, 양말 뒤축을 덧대 신은 손 튼 아이들이 보인다, 양복쟁이들도 보인다

흑백테레비 안에서는 아주 흔하고 최고였던 주방장이 밀가루 반죽을 공중에 휘휘 돌려 기다란 면발을 뽑아내고 있다

짜장면을 기다린다 짜장면이 나온다 신도시의 식당가에도, 밀레 오레에도, 휴게소마다에도 짜장면이 나온다, 짜장면은 살아 있다

한 그릇을 둘둘 말아 훌떡 비우고 무싯날로 한가한 길가에 나서며 생각한다

앞으로도 간혹 이렇게 짜장면을 기다릴 것이고, 굵기가 제멋대로인 짜장면의 면발이 면면히 이어지기를

그해 겨울 1

숭례문이 불탔다
바다 건너 왜구가 쳐들어온 것도 아니고
북방의 오랑캐들이 밀고 내려와
서울이 함락된 것도 아닌데 밤사이,
이 나라의 대문은 잿더미로 변해버렸다
그것도 전 국민이 지켜보는 가운데
생중계로 불타버렸다
슬슬슬 피어나던 연기가 시뻘건 불기둥으로 변하고
육백 년을 건재하던 숭례문은
타오르는 불길 속에서 고통스럽게 울부짖기 시작했다
기왓장들이 쏟아지고,
불에 탄 들보와 서까래들이
비명 속에서 꺼꾸러지자
사람들은 비로소 오열하며 무릎을 꿇기 시작했다
이 나라 백성들이 돈과 나라를 맞바꾼
무자년 정월 초사흘의 일이었다

어떤 문상

마을 촌장 어르신이 죽고
묵은 배밭에는 붉은 묏동 하나 새로 생겼다
동네에서 아버지 또래로는 마지막 사람이었다
여순 반란, 6·25동란 통에 두 동생 한꺼번에
잃어버린 우리 아부지 미쳐 돌아다닐 때
그래도 손잡고 위로하던 사람이라 했다
자식 일곱 중에 아들 하나가 면단위 우체국장
퇴직금 다 말아먹고, 당신 혼자
술 마시며 말년 보내시더니
회관 앞에 모인 동네사람들한테 도시락 하나씩 돌리고
다시 못 올 그 길을 가시네
찬송가 소리에 하관하고,
상조회사 인부들이 봉분까지 쓰니
할 일 없어진 우리들은 밭가에 둘러앉아
시시덕거리며 술이나 마신다
이곳에 다시 올 일 없고, 꼬막 껍데기만 빗물에
히끗히끗 드러날 것이지만
동네 이장 시절, 마을 촌장으로 모셨던
그 양반의 묏동이 다 지어질 때까지
차마 발길을 돌리지 못했다

그해 겨울 2

역시나 그해 겨울은 따뜻했고
내 보리밭은 한 번도 흰눈에 파묻혀보지 못했다
문고리가 쩍쩍 달라붙던 동冬장군의
위세는 찾아볼 수 없었다

봄꽃이 서둘러 피고, 더 이상
동치미를 담글 수 없게 따뜻해진 겨울에
길들여진 이곳 사람들은
먼 산 넘어오는 봄소식이 그리 애타지도 않았다

변변한 눈보라 한 번 몰아치지 않은 겨울,
새들은 날아오를 수 있는 데까지 솟구쳐 올라
어디로든 떠나고 있었고, 더 이상
낮아질 수 없는 것이 무너지는 데는 소리가 없었다

거대한 먼지 구름이 서쪽 하늘에
붉은 북새로 뜨던 그해 겨울,
동결심도를 가늠할 수 없는 한파가
거리로 밀려오기 시작했다

2부

—

쟁기

징검다리

급한 여울에 놓인
징검다리,
누구나 그 앞에 서면 머뭇거리지만
일단 한 발을 내딛으면 결국
뛰어서 건너게 되는

쟁기

그만 놀고 일하라고
뒷산엔 뻐꾸기 운다

겨우내 처박아 두었던 쟁기
채우고 이틀 동안 논갈이 하고 나니
벌겋게 녹슬었던 쟁기보습이
고급 관청의 대리석보다 빛나고
여인네의 속살보다 매끄러워졌다

왕가王家의 보검은 흙 속에서 썩어가지만
농사꾼의 쟁기보습은 비로소
흙에서 눈을 뜬다

부용산芙蓉山

오리나무 가지에 새순 돋을 때
부용에 오르면 그대 좋으리

황사 갠 하늘엔 솔가지 푸르고
따스한 묏동에는 제비꽃도 피었으리

진달래꽃 따라 걷는 부용산 오솔길은
혼자여도 좋으리

들몰 건너 제석산,
백목련 지는 소화다리 아래
꼬막 배 돌아드는 여자만에도

사는 것이 영 성가시면,
아이들 장난감 바구니 쏟은 것 같은
벌교 읍내 내려다보며
막걸리 한 잔도 무방하리

부용산 오리길에
애기 벚꽃들 피어나고

벌떼 붕붕거리면

결코 용서하지 못할 삶이란 것도
그리 없으리

산 매화

봐주는 이도 없이
그 꽃잎,
지 발등에 부리는 매화가 있어
봄인 것이다

인생은 우화寓話 속에 사는 것

난 분분 꽃잎 떠 흐르고
강바닥 조약돌 맑게 구르는
산촌의 봄 한나절

초춘初春

육송의 등허리가
오후의 햇살에 붉게 빛나고 있네

촌로村老는 산중 밭에
천천히 거름을 내고

벗나무 가지에 앉은 새는
잘 보이질 않는다네

그 냄새

부용산 하행길
계곡으로 차오르는 굴뚝연기여

촌에 살아도 귀한 냄새
군불 때는 냄새에 나도 모르게
멈춰서서 코를 벌름거린다

아, 이 냄새
이십 년을 넘게 잊고 있던 냄새
엄마의 스웨터에 배어 있던 냄새

날마다 그 냄새에 얼굴 파묻고
잠들면서도 무슨 냄새인 줄 몰랐던
아, 그 냄새

억새꽃 단상

산등성이 통째로 하얗게 내달리는 억새꽃이 좋아, 이맘때 사람들은 산으로 가지요 이런 장관을 못 봐서인지 나는 억새꽃만 보면 마음이 짠해집니다

소나무 몇 그루 비슷한 뒷밭 언덕에, 드물게 피어 있던 억새꽃을 보았지요
억세고 모진 사람의 마지막 상여꽃 같기도 하지요
억새꽃 지고, 황국도 시들면 겨울이 오지요 언제부턴가 제 생활은 모두 가을로 수렴되고요 여물어간다는 말을 자주 생각합니다

농사꾼한테는 봄이 좋습니다 씨를 뿌릴 수 있으니까요
그러나 봄은 또 우리에게, 얼마나 큰 긍정을 가르치려 할까요

계단을 오르며

계단을 오른다
한때 이것은 봄날의 교실 복도를
울리던 풍금의 건반이었다가, 자취방
골목 넝쿨장미 우거진 담장 넘어 울려오던
피아노의 건반이기도 했다
그 위에서 함께 음계를 맞추며 노오란
춤이 되고 풋풋한 노래가 되던 이 계단이
이제 오롯이 계단으로만 보인다
언덕배기 논배미들이 계단으로 보이고
커가는 자식들의 키가 계단으로 보이고
통장에 찍히는 잔고가 계단으로 보이고
덥석 떠먹는 설날 떡국 한 그릇조차
모두 내가 올라야 할 계단으로 보인다
평지를 걸으면서도,
심지어 내리막길을 걸을 때에도 이것이
계단이 아닌가 의심하면서
숨이 차오르는 계단 난간에서
이것이 마지막 담배라고
우겨보는 중년의 사내가 되었다

도청 앞 금남로

나는 4·19세대를 까마득한 기성세대로 규정하던 86학번이다
늦가을, 도청 앞 금남로 죽집에 앉아
은행잎보다 더 노란 호박죽을 떠 넣으며 그 거리를 바라본다

그 시절 팝송이 흐르고 프랜차이즈의 유리문이 사르륵 접힐
때마다 내 얼굴에 끼얹어지는 바람, 정갈한 식탁에서 호박죽 한
그릇을 다 비우지 못한다. 그러고 보니 중년의 주인은 보리차보다
일간지 경제면을 먼저 갖다 주었다

항상 모퉁이가 깨진 보도블록과 인쇄골목,
들뜬 어깨의 사람들이 모여들던 도청 앞 금남로
예향다방이 헐리고 벤치와 종각까지 들어선 이 거리엔
노선을 알 수 없는 시내버스만 줄달아 내 앞에 늘어선다

삼거리 주막집

벌교 장양리 초입 삼거리
전교생이 7명인 초등학교 건너편의 그 집
우리가 참새 방앗간이라 부르던 단골 주막집
소주 한 병도 키핑이 되던 집
농사일도 손 놓은 노인네들이 아침부터 죽치고
십 원짜리 화투판을 벌이던 집
동네 아짐들은 장거리며, 농사지은 것들을
내놓고 다 같이 나눠 먹던 집
그래서 매상이 영 안 오르던 집
술 먹다 싸우고 다시 막걸리 마시며 풀던 집
일 년 내내 막걸리 자국과 파리 끈끈이가
누런 천장에 붙어 있던 집
선거철만 되면 양복쟁이 정치꾼들도
코 박고 인사하던 집 읍내 백수들
일감 떨어진 인부들도 소문 듣고 슬금슬금 모여들던 집
욕쟁이 할머니가 아니고 참한
동갑내기 대구색시가 주모를 보던 집
대를 물려 60년이 넘은 삼거리 주막집이
드디어 문을 닫았다
아이들이 넷인 주모는 순천으로 나가 돼지 곱창집을 한다지

그 앞을 지날 때마다 저절로 눈은 그곳으로 가고
노인네들은 습관처럼 그 앞을 서성인다
어디 한구석에도 나오는 이야기가 아니지만
세상의 한 길이 또 그렇게 닫혀 버렸다

해남에서

　부산한살림 식구들과 해남 생산자집에서 하룻밤 보내기로 했
다 밤새 바람은 흙집 한 채를 떠메고 어디론가 갈 것처럼 불어 젖
히고 빗발은 윗목까지 들이쳤다

　쌀 소비가 너무 안 돼서 20키로 의무소비제를 도입키로 했슴다
죄송합니더 그렇케라도 해볼라고에, 그게 어디 한살림 잘못이간
디 세상이 이런걸…

　세끼 밥 먹는 것이 운동이 되는 세상, 배부르고 등 따심이 최고
인, 이상하게 꽉 찬 허기의 세월

　소낙비 그친 뒤의 동백숲 같은 세월을
　견디자고 말하였다

꽃바람

뒷밭에만 올라도
발 내딛기가 아깝게
냉이 쑥이 천지여도
동강난 정지칼로
나물 캐는 처녀 하나 없는
이 동네에,

봄바람이 무엇이랴
꽃바람이 다 무엇이랴

화려강산

앞만 보고 달렸던 눈길을
오늘은 온통 차창 밖에만 두고
서울에서 순천까지,
무궁화 삼천리 화려강산을 찬찬히 다시 본다
포크레인 삽날 위에 녹는 눈과
검게 얼어가는 개울창,
아이젠을 차고 먼 산봉우리를
허적허적 넘어가는 고압철탑을 본다
바뀐 강줄기를 타고 넘으면 또 한 구비,
고속버스가 아닌 회전목마를 탄 것 같다
산 아래 주저앉은 마을들,
멧동가를 둘러선 육송 가지엔
백로도, 귀신도 깃들지 못하고
검은 비닐조각들 아우성치는
무궁화 삼천리 화려강산

산중밭을 지나다

육송의 등허리는 오후 햇살에
더 붉게 빛나는데
노인네 혼자 산중 밭을 일구고 있다
한 뙈기도 안 돼 보이는 밭이
반 남아 그대로다
닳고 닳은 삽날도 무겁다는 듯
이 빠진 쇠스랑도 버겁다는 듯
한없이 느린 몸짓이다
트랙터만 있으면 내가 나서서
들들들 갈아주고 싶은데 아하,
본래 저것이 농사였지
저 참을 수 없는 느림을 참는 것이 농사였지
아무리 날고 뛰어도 농사꾼은
온몸을 실어 흙에 박히는 삽날만큼이
지 삶의 깊이라는 것을 이제는 나도 알 나이,
칡넝쿨만 덮여오는 산다랑치
노인네 해진 런닝구에 내리는 봄 햇살이
길가의 벚꽃보다 환하다

쌈짓골

시골에서부터 벼른
아들놈 손에 끌려 인사동에 갔다
쌈짓골 순례가 시작되었다
이곳은 날마다 장날 같은데
한복을 입은 청년이 스마트폰을 켜 놓은 채
떡메를 치고 있었다
몇 바퀴를 돌았는지도 헷갈리는
그곳을 돌면서, 그 건물의 기본 컨셉과
적당한 북적거림을 유도하는 동선과, 난간의
재질 하나까지 명명했을 설계자, 혹은
그 그룹을 생각했다
젊은 연인들은 이곳에 사랑의 언약을
자물쇠로 채워 놓고,
지치지도 않는 탑돌이를 시작한다
논 한 단지도 안 되는 이곳을 돌고 돌다가
나는 결국 어셔의 계단에 주저앉아
떠밀려 가기 시작했다

춘란

그놈들을 한 손에 쥐고 산을 내려왔다
등산로에서 마주치는 사람들의 인사가
부담스러웠지만 잘 한번 키워 볼려구요
흙 묻은 아랫도리 물로 씻겨주며
우리 집에서 함께 살자 자꾸 얼러 보는데
서리 맞은 그 잎새가 깃털처럼 뻣세다
춘란 세 촉, 나란히 분에 올리니
붉은 장닭 몇 마리 풀어 놓은 듯
거실 한쪽이 수런수런하다

스카이라운지

서방 말바위 시장 꼭대기
광주에 하나뿐인 초가집이 있고 산죽이 자라던 그곳,
두 사람이 지나도 어깨가 닿는 좁은 골목길을 한없이 오르면
야학식구들이 스카이라운지라고 불렀던 내 자취방이 있었다
웃돈을 줘야 연탄이 올라오고 화단에서는 쫓기던 운동가의
책보퉁이가 발견되기도 했다

스티로폼을 깔고 보낸 두 해의 겨울,
술 마시고 눈 내리면, 대문 앞 난간에 서서
쏟아지던 눈발과 하얗게 덮여가는 광주의 밤을
한없이 바라보았다
아무 때나 들이치던 바람은
함석지붕들을 울리고 지나가는 발목만 보이는
자취방의 창틀을 흔들었다

이십 년이 지났다
깔끔한 빌라의 창가에 서서
식을 줄 모르는 도시의 불빛들을 다시 굽어본다

처음 맛보는 별식과 미주가 넘쳐나는 화려한 방안에서

글로벌한 여인과 술을 마신다 사람들과 웃고 떠들며
목이 긴 유리잔에 이름을 붙여
그 겨울의 스카이라운지를 마시게까지 되었다

연어

누가 저토록 많은 연어들을
산중에다 부려놓았나
상수리나무 밑에 수북이 쌓인 연어들
그러고 보니 내가 올라온 길은
연어들이 치고 오르던 급한 여울이었던 것
곡기를 끊고 그 먼 길을 돌아
다시 발밑에 누운 것들이여
겨울 햇살에 천천히 살 말리는
냄새도 향기로운데,
가만히 들추고 보니
반쯤 박힌 상수리 열매에서
싹이 돋는다

미루나무 위의 새떼

대낮부터 속옷 차림으로
화투패를 떼는 저 여인에게도
아픈 사랑 하나쯤은 있었으리
대일밴드로 가린 담배지짐 자국 같은
곧게 자란 미루나무 몸뚱이도 찬찬히 보면
옹이 자국 무수하지 않던가
무싯날로 한가한 싸전 뒷골목
방심한 걸음의 여인네들이
애써 그곳을 돌아서 갈 때
한꺼번에 날아오르는 미루나무 위의 새떼

실상사

해탈교 넘어 물꼬 따라가다 보면
논바닥 한가운데 일주문도 없는 실상사 있다

절문 사천왕들 짠한 눈으로
굶주린 북녘 아이들 내려다보고
만나는 스님들마다 꼭 나 같은 농투산이
같아 보기만 해도 정겹다

쩔은 향내보다 더운 밥 냄새가 먼저 나고
뛰노는 아이들 웃음소리가 목탁 소리보다
더 크게 울리는 실상사,

1만 2천 근 쇠부처님,
의자도 마다하고 맨땅에 앉아
이 땅 서러운 눈물 함께 흘려주는 곳

산중의 산, 지리산에 가면
가장 낮으면서도 가장 높이 있는
천년 대가람, 실상사 있다

봄봄

마을 뒤 부용산을
오를 때와
내려오는 사이,
햇볕의 색깔이 달라졌다
바람의 냄새가 달라졌다
겨우내 봐왔던 그 색깔,
그 냄새가 아니다
분명 달라졌는데,
변한 거라곤
차밭머리 밭뙈기가
쟁기질이 되었다는 것뿐

황사

이제 그만 쉬어라
날개도 없이 공중에 떠도는 것들이여
너무 멀리 흘러온 쓸쓸함이여

색유리 화사한 봄 거리에서
왜 칙칙한 기억의 외투를 벗지 못하고
서성이는 것이냐
머잖아 동남풍이 불어오면
저 산들도 털갈이를 시작할 터인데 어찌하여

구름이 젖 먹여 키우던 것들,
바람의 둥지에 아무 때나 잠이 들던
푸른 언덕의 꿈은 먼지가 되어
단단한 도시의 숲속을 떠도는 것이냐

이제 쉬어라
비가 오지 않느냐, 봄비가
한 쓸쓸함이 다른 쓸쓸함을 지우고 있지 않느냐
빗길을 따라 청춘들 북적이는
저 인사人事의 거리에 섞여 흐르거라

매섭고 쓰라리던 바람의 고원도 더 이상 기억하지 못하는
오랜 정처 없음으로 너희 부유浮游하였으니,
이젠 쉬거라, 하늘이
너희에게 나눠준 물빛 쪽배를 타고
찔레꽃 환할 봄 기슭에 스미거라

무논의 멍머구리 소리
가득 밀려올 때까지

꽃샘추위

창가로 드는 햇살은
이리 따스한데

아직 잔설 버석거리는
비탈이 있나 부다

눈뷁은 물오른 수선을 쫓는데
바람은 자꾸 그쪽에서 불어온다

매화고지

계절의 전황을 알려거든
울타리의 열쇠를 뽑아라
세상은 이미 낭자하여 사방에 꽃살이 튀고
거주지를 가리지 않는 융단폭격으로
땅은 이스트를 넣은 밀빵처럼 향긋이 부풀었다
남녘의 등성이를 넘어 북으로
북으로 진군하는 군대가 있다
창공에는 높이 소리개를 띄우고
길목마다 노오란 산수유의 척후을 세우면서
무적의 매화군단이 올라오고 있다
불패의 신화, 방도가 없는 화해花海전술 앞에서
백색의 방어선은 어이없이 무너지고
낡은 총검을 버리고 도망치기에 바쁜
갈색의 저 패잔병들을 보아라!
함락된 진지마다 고사리 밭이 되고
도망치는 퇴로마다 오리나무 새순이
앞질러 가고 있다
꽃살 튀는 봄의 전투에 참전 하려거든
쇠울타리의 열쇠를 뽑아라
열광하는 승전의 축제에 함께하려거든

아즈랭이 포연 자욱한
매화고지에 오르라

스무 해의 봄

겨우내 얼어 부풀은 보리고랑 치우다
두둑에 삽 꽂은 채 바라본다
산 중턱엔 매화가 환한데
눈은 더 침침하고 귀는 사나워졌다

십 년이면 변한다는 강산,
살아보니 20년이면 확실히 변한다
농사는 변한 것이 없는데
산천은 변하고 세상은 달라졌다
네 번의 정권이 바뀌었고
들논의 나락을 스무 번이나 심고 베어냈다
도대체 무엇이 달라졌고,
무엇이 달라지지 않았는가

오랜만에 모인 옛 농사꾼들은
혁명의 주력군은커녕 고집스런 촌로들이 되어가고
들끓었던 자리마다 봄꽃만 휘황하였다
쌀 농사꾼으로 맞는 스무 해의 봄, 이상하게
빼앗긴 것 없이 다 털린 것 같은 이 봄

늦가을 장마에 보리씨는 썩어
봄 햇살에 불려 나오는 놈이 없고
삽날 튕기는 돌멩이를 주먹에 쥐고
어디로 던져야 할지를 몰라 두리번거린다

바람의 서쪽

키 작은 산벚나무 가지와 어린잎들이
온몸을 뒤틀어 가리키는 저곳은 어디인가
햇살 없는 우중충한 정오의 여울이
급히 흘러가는 바람의 서쪽

바람은 공중에 긴 채찍을 휘둘러 하루치의 양식도
채우지 못한 구름들을 거칠게 몰아간다
얼마나 많은 바람이 저곳으로 몰려갔는가 그곳에는

포구가 없고 긴 침식의 해안만이 끝없이 이어져 있을 뿐이다
등대의 불빛은 꺼진 지 오래고, 부푼 돛으로 물살을 가르던
배들은 난파되어 해안가에 버려져 있다
배의 운명이란 돛대가 아닌 키의 방향이 아니었던가

되돌아갈 수 없는, 끝내 무릎을 꺾고 절복한 바람의 유민들,
그들이 받을 것은 몇 필의 마포와 생쌀 한 줌,
매서운 바람의 채찍으로도 깨울 수 없는 돌의 이름뿐이니
오 유한을 흔들어 무한으로 가는 바람이여

완벽한 저류여, 파도의 둥지에서 또다시 부화하는 거대한 회

오리여
  그 소리에 강은 눈 뜨고 건기의 초목들은 일제히 고개를 돌린다
  초원의 끝에서부터 번득이는 번개의 채찍을 맞으며
  휘달려 오는 바람과 구름

  잔광을 핥는 뻑뻑한 혓바닥들은 미친듯이 노래하고
  부러진 나무둥치들은 거친 말울음 소리를 내지른다

  오 바람이여,
  수정의 봉우리를 치달려 오르는 바람이여
  숲을 밀어 다시 숲을 일구는 광포한 모순이여
  산벚나무여, 꽃이여,
  바람의 음각이여
  무한을 건너 흔들리는 산벚나무여!

향기 나는 무지개

봄비가 깨끗이 헹궈 놓은 뒷산
암자 앞 오동나무에선 딱따구리가 목어木魚를 치고
벚꽃 진 자리마다 돋아난 새잎들이
오전 10시의 햇살에 반짝이고 있었다.
잠을 설친 내 머리가 산들바람에 가볍게 떠오르고
또 누군가를 미워하고 놓지 못해
막혔던 가슴 복판에도 맑은 물 차오르는 소리,
허물어진 무덤가에도 제비꽃 찾아오고
바라보는 건너 산엔 오리나무, 참나무들이
푸른 이구아나들처럼 산꼭대기로 기어오르고 있었다
내 산행이 멈추는 그곳, 운동기구 철봉 안에서
파닥거리는 새의 날개소리가 들리는 것이었다
둥지를 짓기 위해 들어갔다 철봉 속에 빠져버린 새
목례로 지나치던 사람들이 한데 어울려
뚜껑을 떼어내고 나뭇가지를 넣어주자
마침내 날아오르는 산멧새 한 마리,
그 곁을 떠나지 못하고 울던 제 짝과 함께
숲으로 날아가고, 우리는 향기 나는 무지개를
보듯 그 숲을 오래 바라보았다

노상의 장례

간밤 마을 앞 도로에서
차에 치어 죽은 개 한 마리,
오후에 보니 아스팔트에 납작하게 붙어 있다
이렇게 며칠이 가고 나면 그곳엔
핏자국 하나 없이 개 터럭만 몇 개 날릴 것이다
바람에 살을 말리는 풍장風葬도 아니고
독수리에게 육신을 던져주는 천장遷葬도 아닌
이것을 대체 무슨 장葬이라 불러야 할까
굶주린 산짐승과 구더기 대신
피 한 방울 묻지 않고 구르는, 번쩍이는
알루미늄 휠들이 치러내는 노상의 장례여
꺾기에는, 이미 늦어 버린 속도 때문에
깔려 죽은 개는 썩어 보지도 못하고
분진이 되어가고 있다 도로가에
유령처럼 떠도는 폐 타이어 먼지에 달라붙고 있다

소

소를 버리고
경운기를 샀지

워낭소리와 눈 나리는 처마 끝
쇠죽 김 오르던 겨울녘 해거름을 버리고
트랙터를 샀지

동네 아낙들 종아리 늘어서던
못줄과 미루나무 그늘 아래의 들밥을 버리고
이앙기와 짜장면을 샀고,

뜸부기 울음소리와 칼빛 은어 떼를 버리고
제초제와 농약을 샀지, 아파트와 자가용을 샀지

우리가 버린 것들은
지들이 걷던 길을 스스로 지우며 떠나 버렸고

돈을 발라 산 것들은 다 저당 잡혀 있지
우리를 가둬 놓고 일을 시키고 있지
날마다 이자를 뽑아가고 있지

시를 쓰는 이유

다시 돌아가지 않을 거야
말라버린 그늘 아래로는
피투성이로 돌아가 알을 낳고
죽는 짓 따위는 하지 않을 거야
정복되지 않을 거야
1924년에 태어나 1997년에 죽지 않을 거야
갈림길에 서 있을 거야
온통 눈뿐인 가축들의 얼굴을 바라볼 거야
울타리의 목책에 발을 올리고
시시덕거릴 거야

제비

천둥 번개 비바람 몰아치던
지난밤은 갔다

앞마당 전깃줄엔

나란히 젖은
빨래집게 세 개

봄비

봄비가 내린다
꽃향기를 머금고 속살거리는 봄비가 아니라
강풍을 동반한 폭우가 퍼붓고 있다
만개한 매화는 우당탕 흐르는 계곡물에
흔적도 없이 쓸려가고
웃자라던 청보리가 흙탕물에 잠긴다
늦여름 태풍 철, 비옷 입고
물꼬로 달려갈 때나 보았던 비가
정월 대보름에 쏟아지고 있다
드디어 폭발해버린 말수 적은 머슴처럼
미친 듯이 몸부림치며
함석지붕을 두들기고 있다

철없는 꽃

아랫녘 부산에서는 이 엄동설한에
난데없는 봄꽃 구경이 한창이란다
활짝 핀 개나리 앞에서 사진을 찍는
행락객들의 모습이 여느 봄날의 풍경 같다
이제 잘하면 1년에 쌀농사 두 번 지어서
부자 되겠다고 우스갯소리를 했는데
미친년, 마당가의 목련가지에도 젖이 돈다
멀쩡한 하늘이 자꾸 올려다봐지는 오늘,
신기하다고 꽃구경 갈 일이 아니다
철없이 피는 꽃은 더 이상 꽃이 아니다
그것은 두려움이다
욕이다

호랑이 길들이기

떡갈나무 숲속을 어슬렁거리며 걸어오면, 이골 난 포수조차 오금이 저려 방아쇠를 당기지 못했다는 호랑이, 황소를 물고도 담을 넘어, 바람처럼 사라진다는 무서운 짐승,

그 무서운 호랑이가 효과음이 쏟아지는 조명 아래에서 온갖 재주를 넘고 관람객들의 박수를 받는다. 산신령이 부린다는 신비한 영물이 좁은 철창, 사육사 앞에서 교미를 하고, 소 돼지처럼 사람이 그 새끼를 받아준다.

사육사는 이 모든 것이 그와의 오랜 친분 때문이라고 한다. 애를 낳는 그 어미도 자기 손으로 받았고 돼지유모의 젖을 먹여 키웠다고 한다. 돼지새끼에게 구박받으며 쫓겨 다니는 호랑이 새끼들, 그러나 호랑이는 절대 길들여지지 않는단다. 그들의 본능은 면도칼보다 날카롭고, 파괴적인 그 발톱 같다고 한다. 호랑이에게 물린 자국은 그들의 관록을 말해주는데

호랑이 스무 마리를 한꺼번에 부리며 묘기를 펼치는 세계 최고의 조련사 니콜라스, 평생을 우리 속에서 호랑이와 지낸 그는 오늘 아주 특별한 공연을 준비 중이다. 이제 신참내기로 공연 팀에 합류한 젊은 호랑이와 17년을 함께해온 호랑이의 공연이 있기 때

문이다.

아직까지 이 정도 고난도의 묘기를 소화하는 호랑이는 결코 없었다는 늙은 호랑이 데빗, 후들거리는 다리로 고별 공연을 성공리에 마친 데빗은 고개를 떨구고, 조련사 니콜라스는 눈물을 흘린다. 아, 그 순간 나도 울었다.

내 눈에서 그토록 많은 눈물이 쏟아졌다.

호랑이의 발톱인지, 그 무엇인지

3부

멍머구리 소리

사랑만으로

이 세상을 건널 수 있겠는가
아직 그 다리가 남아 있겠는가
그토록 어리석은 자가 쉬어갈
깜박이는 주막이 있겠는가

멍머구리 소리

자정도 넘은 시간
우리 집 처마로 와글와글
몰려오는 멍머구리 소리
소리만 들어도 어느 논배미에서
울려오는지 알 것 같으다
볼딱지가 터져라 밤새 울어대는
저 사랑노래가, 그래도 변변찮은
쌀농사꾼의 자랑이거니
맘껏 울어라
밤새 불러라 나도 오늘 밤엔
돌아누운 아내의 몸을 뎁혀 사랑을 나누고
내일은 한 해 논갈이를 힘차게 시작할 터이니

가로등

일곱 집 사는 강 건너 땅골마을은
벌써 한밤중이어서 가로등만 두 개 켜 있다
오십 호 사는 우리 동네엔 다섯 개
밤중에 켜져 있는 가로등 숫자만 봐도
그 동네엔 몇 집이나 사는지 대강 알 수 있다
혹시 동네 이장 백이 좋으면 한두 개 더,
출산율은 세계 꼴찌인데 희한하게 산부인과만 느냐고,
마실 다니는 사람도 없는데 가로등만
덩실허면 뭐할 거냐고 욕하던 때가 있었다

벚꽃 피고 날리는 이 좋은 봄날에,
아홉시 뉴스가 끝나기도 전에 적막강산으로
묻히는 시골마을에 아 저거라도 없으면,
얼마나 캄캄한 밤일 것인가를 다시 한 번 생각해보는 것이다

장엄한 오후여

장화에 묻은 흙을 씻고 바라보네
붉은 오후여, 눈을 땅에 두면
멍머구리 소리 귀에 꽉 차고,
고개 들면 검푸른 제석산이 이마받이 하네

쇳소리 쩡쩡 울리는 비륵산이
붉은 전답이 되기까지
수없이 덧나고 딱지 앉은 자리마다
찔레꽃 같은 등불들 피어나네

뒤늦게 참석한 작목반 뒤풀이가 싸움판이 되고
허름한 주막의 탁자도 갈리는 오후여
난처한 막걸리 잔이여

땅거미 지는 실로 장엄한 오후여

4월

노오란 봄동 위에
수선화 꽃잎 위에
봉우리 맺힌 홍백 철쭉 위에
갓 피어난 벚나무의 새싹 위에
옮겨 심은 매화의 새순 위에
데려온 강아지의 콧등 위에
쑥부쟁이 위에
민들레 위에
곡우비 맞고 땅 위로 돋아나는
모든 풀잎들 위에
한들한들
4월의 우리 집이 있다

벚꽃 놀이

고갯길 벚꽃은 벌써 피었습디다
햇살 받는 가지 쪽부터 타 다 다다닥,
저것은 누구도 해체할 수 없는 시한폭탄 아니겠습니까
소리도 없이 터져 날리는 그 파편에 한나절쯤은
황홀하게 죽었다 깨어나도 좋지 않겠습니까
놀이공원 가자고 조르는 애새끼들 얼러서
막걸리에 김밥 봉다리 싸들고 갑니다
왜정 때 심었다는 수력발전소 벚꽃이 기가 막히다네요
항꾼에 갑시다 로또 없는 농사꾼들,
싸구려 꽃 대박이라도 한 번 맞아봐야 하지 않겠습니까
젖지도 않는 꽃비 맞고 보릿고개 넘어가면
그래도 우리 농부들 시절 아니겠습니까

딸기하우스

　우리 동네 앞 들에는 거대한 누에들이 살고 있다 이들은 싱싱한 뽕잎 대신
　엄청난 양의 퇴비와 화학비료를 먹고 자란다
　특히 동네 아짐들의 관절연골은 꼭 필요한 필수 아미노산이다

　이들을 키우기 시작하면서 우리 마을 사람들은 농한기를 모르는 전천후 농사꾼들이 되었다 덕분에 가난했던 우리 동네는 현찰이 도는 부자마을로 소문이 나고 이웃마을 사람들도 너나 나나 분양을 받아 이제는 거대한 단지를 이루었다

　내 유년의 추억은 모두 이들과 함께였다 겨울방학이면 한 장에 50원 하는 짚 거적을 짜기 위해 아예 도시락을 싸들고 출근하는 계집애들도 있었고, 동네에서도 몇 안 되는 흑백TV의 만화영화와 이놈 뱃속에서 일하는 시간을 맞바꿔야 했다

　이들이 마을에 산 지 30년이 넘었지만 아직까지 한 마리도 나비로 우화되는 것을 보지 못했다 보드랍고 윤기 나는 비단실 대신, 이들이 뽑아낸 육성회비와, 등록금과, 여비를 챙겨들고 모두 뿔뿔이 도시로 떠났다

이들도 더 이상 짚 거적 같은 것은 덮지 않는다 겨울이면 기름
난로의 곁불을 쐬거나 밤새 퍼 올린 지하수로 제 속을 뎁힌다
　삭아가는 아랫도리로 근근히 버티면서 옆구리의 숨구멍이 너
덜너덜해질 때까지 피톨 같은 딸기를 꾸역꾸역 게워낸다

청명 한식

사월이면 노오란 유채 대신
내 밭에는 봄동이 피지요

그곳에는 엄마, 아부지가
나란히 누워 계시고
그 위에 할아버지 할머니, 또
윗대 할아버지 할머니들이
모두 함께 계시지요

농사가 잘되면 내 어깨도 으슥해지고,
농사가 못되면 아부지의 혀 차는 소리가
들리는 것도 같지요

요즘 사람들은 비석처럼 살기 싫다는데,
묘지 앞 동자석은 나이를 먹지 않고
아랫도리부터 청태가 끼기 시작합니다

달밤

구름 하나 없는
밤하늘에

열엿새 달이 떴다

저 낡은 우체통에
넣는 편지도 이제는 없어

뜰에 수선화가 고개를 들어
이곳 봄소식을 전한다

어떤 주사

니가 또 묻는다면, 나는 별빛과 이슬 온몸에 묻히고
새벽길 걷는 들꽃이라고 말하겠다
한 시절, 쓰린 흙살을 덮는 절개지의 푸른 언덕이라고 말하겠다
염소 울음소리, 굴뚝연기 자욱한 마을 어귀로 돌아오는
가을날의 해질녘이라고 말하겠다

누가 묻지 않아도,
삽자루 들고 들길 나설 때마다
강바람에 흔들리며 피는 작은 들꽃이라고 우겨보겠다
니가 혀 꼬인 소리로
너 뭐하는 놈이냐고 또 묻는다면

반성

새로 산 냉동 탑차를 박았다
하루에도 몇 번씩 들락거리던
농협 주차장을 빠져나오다 쿵,
관리사무소 사람들이 토끼눈으로 뛰쳐나오고
연신 고개를 주어박고 사과는 했는데
신기하게도 받은 자국이 없는 것이다
한참을 둘러보니, 아하
탑의 모서리가 사무소 처마에 걸린 것이었다
수리를 위해서는 광주까지 발품을 팔아야 한다는데
돈과 시간이 문제가 아니었다
그동안 무심히 지나친 내 모서리에
다치고 상처받은 것들에게
미안하고 반성할 일이었다

은행나무

세월호에 갇혀 죽은 아이들을
부르는 노란 리본을 허리에 가득 매단
순천 조례사거리 은행나무

먼 산 꼭대기부터 단풍 드는데

내 잎 물들면 어쩌나,
내 잎마저 지고 나면 이를 어쩌나
혼자 애태우며 흔들리는
사거리의 은행나무

새는 비

지붕 위에 또 지붕이 있는데,
지붕 아래에 지붕을 얹었는데
희한하게 비만 오면 물이 샌다
득달같이 올라가 보이는 곳마다
실리콘을 쏴댔는데도 또다시 비가 샌다
두 지붕을 뚫고 내리는 비,
낮은 데로 흐른다는 그 평범한 순리를
두 겹의 지붕으로도 어쩌지 못하고
방바닥에 떨어지는 빗물을 바라본다
받쳐놓은 양푼에는 어릴 적 처마 밑
붉은 짚새기 물이 고이고, 항시 축축하던
산동네 자취방의 윗목이 고인다
엉기고 엉겨, 한 방울이 되어
꼭 그 자리에 떨어지는 빗물
야단법석을 내리치는 고승의 주장자처럼
내 정수리에 떨어지는 빗물

겨울바다
-팽목항의 아이들

물 이불 덮고
나란히 누운 아이들
녹지 않을 사탕과
썩지 않는 초코바를
씹으며 영원히 밝지 않을
수학여행의 첫날밤을 맞는다
아득히 일렁이는 하늘가로
별빛처럼 내리는 눈송이를 향해
손을 흔든다 안녕,
엄마 아빠 사랑해요
이젠 춥지 않아요

길

힘들 땐 고개 들어 하늘을 보라지만
지게에 거름 지고 뒷밭 오르다 보면
엇갈려 내딛는 내 발등만 보게 된다
발등에 떨어지는 땀방울만 세게 된다
작대기 짚고 일어나는 헛청이 시작이고
거름을 부린 배나무 밑동이 끝이다
지게 목발이 다져 만든 꼬부랑길
어찌할 수 없는 그 길의 경사면에 드문드문
무덤이 있고, 몰아오는 바람이 있다
어디 가서 이 고생이면 새끼들 밥 굶길까
새로 난 아스팔트 길 따라 떠난 사람들은
지게 대신 질통을 지고 흔들리는
아시바 난간을 목숨 걸고 타야 했으니,
짐을 지고 오르는 모든 길은
결국 쳇바퀴였던 것이다
다람쥐가 돌리는 런닝머신이 아니라
지 온몸을 끌고 갈 수 있을 때까지만 열리는
무한궤도 바퀴의 안쪽 길

오, 수선

창검처럼
진압할 수 없는 민란처럼
딸깍,
봄의 노리쇠가 풀리고
총성보다 빨리 오는 죽음처럼

종자 가리기

올해 종자로 쓸 나락을
풍구에 부친다
실한 것들은 가까이 떨어지고
검불과 쭉정이는 더 멀리 날아가 쌓인다
종다리끼 울고 햇살 따신 날,
신나락 종자를 가린다
바람으로 가린 것들을 이번엔 바닷물에 담근다
양수같이 뜨듯한 소금물에 담그고
삽으로 천천히 저어 놓으면
껍질은 멀쩡해도 속이 안 찬 것들은
죄다 뜬다 아직까지 숨어 있던 피稊씨며
검불들이 여지없이 떠오르고 만다
뜰채로 걸러 닭 모이로 간다
거품 가시고
맑은 물속에 가라앉아 있는 것들
오롯이 눈뜨고 있는 것들
가리기가 끝난 종자 다라이에
내 얼굴이 비친다

그네

들 가운데 우리 집 처마에는
그네가 달려 있다

나와 아내는 서로
번갈아 가며 그네를 밀어 준다
높이 오를수록 두 줄을
꽉 잡으며 시계추마냥 흔들린다

우리 집 처마에는 매음새가
점점 헐렁해져 가는 그네가 있다

베란다 공사

귀에다 연필 꽂고
나무를 재단하고 타카로 팡팡
창 앞에 베란다를 내는 일
봄날 오전의 일
참을 내오는 마누라는 연신
감탄을 쏟아내고 뭔 일 있는가
화단의 수선화도 고개를 들어
잠시 한눈을 팔고
마당가에 매놓은 천둥이와 번개는
오래도록 뵈이는 주인 때문에
앞발을 들어 동동거리고
봄날 오전의 일
바쁠 것이 없는 일
이제 막 깔아놓은 나무 바닥 위를
맨발로 걸어보는 일
봄날 베란다를 내는 일

화개 가는 길

섬진강 흐르는 화개골짝은
벚꽃가지 겹쳐마 끝도 없이
늘어진 장엄한 누각이 되었구나

올려다본 하늘은 거대한 궁륭 같은데
사람들은 차를 버리고 걷기 시작한다
다정한 연인이 되어, 쿵쾅거리는 관광버스가 되어,
원색의 장삼이사가 되어 사람들이 걸어간다
꽃잎 날리는 저 강변길을
나도 따라 걸어야겠다

이 땅의 봄은 울 일 많지만 오늘은
꽃만 보고, 시만을 위한 시를 쓰고,
사람들 만나면 걸어봐야겠다
날리는 꽃잎 이마에 받으며
긴 벚꽃 회랑을 천천히 걸어봐야겠다

민들레

집 마당에 핀 민들레 한 송이
오늘 아침 학교 가는 너희 동갑내기 딸아이의 가방에 꽂힌
노란 리본이 땅에 떨어진 줄 알았다 사월에 피는
민들레가 이런 꽃인 줄 몰랐다 무슨 예감처럼
화려한 봄꽃들이 서둘러 자리를 뜨고
붉은 철쭉들이 무데기로 피기 시작하는데
땅에서 올라오는 노란 민들레야
지금 시간은 9시 50분, 너희들이
세월호에 갇혀 죽어가던 그 시간이구나
애타게 엄마 아빠를 부르던 너희 입에 뻘물이 차고
버둥거리던 너희 손발이 끝내 멈춰버린
그 시간이구나 너희들이
뒤엉켜 죽어가던 그 무서운 시간이구나
엄마 아빠의 두 눈에 피눈물이 흐르기 시작하던
그 시간이었구나
나는 아침부터 사람들과 돼지국밥에 막걸리를 퍼마시며
흔하디 흔한 이야기나 지껄이던 그 시간이었구나
아, 마당에 핀 민들레야
사월에 피는 너가 이토록 슬픈 꽃인 줄 몰랐다
너희 또래의 들풀들은 우쭐우쭐 크고 있는데

그날처럼 바람 한 점 없는 봄날인데
볼 수 없는 아이들아
덮지 못할 죽음이 되어버린 아이들아
내 앞에 민들레야
투혼으로 살자 했던 너였는데
이토록 가슴 아픈 눈물꽃으로 피는구나

낙화유수

봄날은 짧아라
떠 흐르는 꽃잎이여

그대 흘러
사는 곳은 꽃섬이겼네

해마다 놓치는
저 나룻배

꿈 밖에 사는 이는
오르지 못한다네

어쩌지 못하는 밤

어젯밤엔 뇌종양으로 죽은 친구의 조문을
하고 걸어서 5분 거리의 조문을 하고 오늘
낮에는 동네 어른들을 모아놓고 품바 각설이에
어버이날 행사를 하고 내일은 녹색당 사람들과
올 농사 첫 못자리를 한다 고통스런 죽음과 집단적
늙음과 새 목숨들이 뒤엉켜 흐르는 밤이다

누가 있어, 하루에 돌아가는 광할한 삼천 대천세계를
작은 지구본처럼 돌리고 있는가
밤의 포장을 겨우 끌어다 덮어 놓은 환멸의 뼈를 추려
또다시 저리 고운 밤안개를 빨아내고 있는가
사랑과 미움만으로는 버거운
절망과 희망만으로는 못 미더운,
갑작스런 비와 어둠만으로는 어쩌지 못하는 밤이다

친구여

비추는 청산엔 백로가 날고
작은 트랙터로 통통거리던 큰 배미 무논에
드디어 어린 모가 꽂히네
이제 저들은 젖을 떼고 그 자리에 뿌리를 내리며
또다시, 아름답고 치열한
한 삶의 절정을 내게 보여줄 거네

사람들은 한 뼘도 안 되는 논두렁을 사이에 두고
서로 종주먹을 치고 삽날을 튕기지만
우습지 않은가
애당초 저들은 주인이 없는 것들,
바람 불면 흔들리고
날 가물면 더 깊이 뿌리를 내리며
초가을의 태풍을 이긴다네

자식들 등록금도, 비료 값도
농협 빚도 아랑곳없이 새벽이면
이슬 물고 꼿꼿이 일어서서 온몸으로
이삭 하나 밀어 올리는 것이 지 일이라네
비명도, 함성도 없이 꼭

그만큼의 그늘을 드리우고 여물어갈 뿐이라네
눈부신 가을 들판을 이룰 뿐이라네

아, 애당초 이들은 걸림이 없는 자들
콤바인 칼날에 밑동이 잘리고 낱알을 털리지만
회한도, 죽음도 없이 늦가을
저문 들녘의 흰 연기로 허허로이 날아오른다네

나는 저들이 부리는 서투른 집사
무논에 발을 담그고 또 한 세월 같이 부대끼다가
저들이 남기고 간 것으로 자식들을 먹이는 것이
고작 사람인 내가 할 수 있는 일이라네
나에게 허락된 모내기가 끝날 때까지
내가 배우고 받아야 할 업이라네 친구여!

오전 모내기를 끝내고

마루에 앉아, 모처럼 는개가
덮여가는 앞 산마루를 바라본다
부지런을 떨던 경운기 소리도 그치고
사방에는 오로지 빗소리뿐
내일 한 뙈기의 논에 모를 내면
올해의 모내기도 드디어 끝이 난다
처마에 드는 빗줄기를 주렴삼아
한가로이 천지의 음악을 듣는다
비닐하우스로부터 우리 집 지붕까지
마당 한켠의 파초와 수국, 동백을
거쳐 마룻장까지
아무렇게나 불러도 무성한 노래가 되는
꽉 찬 소낙비의 난타를 듣는다

소나기

달궈진 길에 더운 밥 싸들고
한걸음에 달려온 그대
손수 지은 밥 한 끼 먹여 보겠다고
염천의 하늘을 이고 온 그대여
그대가 있어, 들 논의 나락들은 미처 춤추며
잠자리 떼의 함성을 공중에 풀어 놓네

우리 언제 보았던가
언제 우리 다시 만날까
지금은 그대가 싸 온 도시락
마지막 밥 한 톨까지 맛나게 비우는 오후
구름은 손 흔들며 돌아가고
갈라 터진 논바닥, 벼 폭시 폭시마다
그대 사랑 어린 이삭이 되어
더운 밥물 끓어 넘치는
눈부신 가을 들판으로 달려가네

생일 선물

어릴 적 엄마한테 받아본 유일한
생일선물은 농심라면 한 개,
정제 지나 뒤안
커다란 양은솥에 물을 가득 붓고
마른 솔가지 눈물 흘려가며 불을 땠다
드디어 물이 끓고, 떨리는 손으로
봉지를 뜯고 면발과 스프를 넣었다
그러고도 한참을 더 불을 땐 뒤
먹어보는 라면,
동네에 두 대 밖에 없는
흑백텔레비전 광고에서만 보던 라면
생 전 처음 먹어보는 라면의
그 맛없음이라니, 그 억울함이라니
나는 엄마가 미워 밤새 땡깡을 부렸고
엄마는 어쩔 줄 몰라 했다
당신도 라면을 한 번도 먹어보지 못했기 때문에…
9남매를 낳고 갈라진 뒤꿈치
맨발로 일만 하던 엄마,
가실 일꾼들 밥을 하다 작은방에 들어가
나를 낳고, 그 몸으로 인부들 밥을 마저 했다고 했다

삼우제날 아침, 붉은 멧둥에 절을 하고 나는 강원도행 입영열차를 탔다

두둑을 내면서

태풍비로 죽탕이 된 밭에
삽으로 두둑을 낸다
작업복은 벗어 배나무 가지에 걸고
맨 소매에 가을햇살이 따갑다
곧게 땐 두둑 줄은 까마득하니
발 앞의 삽날에만 정신을 모은다
진흙 속에 삽날 박히는 소리,
삽자루로 전해지는 흙살의 감촉,
이토록 오랜 삽질도 이제는 드문 일
한 땀 한 땀의 삽질 속에서
묵은 시간들이 벗겨져 나온다
굴 껍데기, 깨진 사금파리가 아닌
온전한 그 무엇으로 살 수 있을 거라 했다
그럴 수 있다고, 우기면서 살아왔다
강 건너 산 이마 쳐다보기도 민망한데
벌써 도랑의 중간을 넘어섰다
마음은 급한데 몸은 지친다
돌아보니, 파헤쳐진 흙이 길이 되어 있다

배추

두둑에 배추 한 줄 심고 나니
이곳은 갑자기 밭이 되었다
이 두둑이 상쇠가 되어 장구 치고
날라리 불며 한바탕 너풀거리는
배추밭이 되어 가리라
늦가을 햇살을 끌어 모으며
무장무장 푸르러지는
역성의 배추밭을 볼 것이다
열두 발 상모에 착착 감기며
속이 차가는 늦가을의 배추여
속이 꽉 찬 배추의 가르마는
장미보다 진하지
정수리에 칼을 대고 힘껏 누르면
와자작,
반으로 쪼개어지는
즈믄 태양의 노른자를 볼 것이다

강아지풀

사랑한단 말 같은 건 원하지도 않아
아주 먼 옷깃이라도 한 번만 스쳐주기를
더 이상 가늘어질 수 없는 내
목으로 온 가을을 물들였는데
당신은 내게 오지를 않네
해 지고 밤은 길어 나는 어둠 속에서
또 하루를 더 마르고
그대 창은 더 일찍 어두워지네
무정한 당신, 발 없는 나를 두고
오를 수 없는 바람의 수레만 보내는 당신
손짓도 빛깔도 생각조차도 안 하는
오로지 그대에게 닿기 위한
모습뿐인 나를 그댄 잊었네
오래 잊었네

여름 등산

모내기가 끝나고 벼 포기가
땅 맛을 보기 시작하면
나는 매일 논으로 등산을 간다
바지를 걷어붙이고
두 발이 아닌 두 손으로 하는 등산이다
평평한 논바닥에 코스는 길어야
백 미터가 못 되지만
금세 땀이 나고 허리가 뻐근해져 온다
벼 고랑을 덮은 피와 물달개비의 뿌리를
잡고 오르는 길
하나를 뽑으면 하나가 줄고
한 주먹을 뽑으면 한 발이 나간다
지나는 사람들은 한마디씩 거들지만
나에게는 절실한 운동 같은 것
정상의 함성 대신 뒤를 돌아보면
몇 개의 강줄기가 훤하게 새로 열려 있다

어떤 나무

씨앗을 구하기가 진짜 어렵지만
심어져 자라기 시작하면 계절도 없이
꽃을 피우고 열매를 주는 나무가 있다

거센 폭풍이 몰아칠수록 더 깊이
뿌리를 내리며 제 키를 키우고,
어느 난폭한 도벌꾼의 날에 밑동이
잘려나가도 뿌리의 뿌리가 번져
오히려 울창한 숲을 이루는 나무가 있다

나무의 꽃향기는 수만리 떨어진 새와
나비를 부르고, 이파리는
가뭄으로 타는 땅에 소낙비를 부른다
온통 씨방으로 채워진 그 열매는
언 가슴을 녹이고 과육이 없이도
사람들을 배부르게 한다

진화하지 않고
오로지 한 가지만 먹고 크는 나무,
하룻밤 사이에도 잎과 열매를 모두

떨구고 죽어버리기도 하는 나무가 있다

누구나 두 손에 꼭 쥐고 나오는
그 나무의 열매
사람들의 손을 타 밑동이 반질반질한,
한결같이 부르면서도 이름이 없고
그 둥치의 둘레를 아직 아무도 모르는
어떤 나무가 있다

논갈이

들 논에는 붉은 자운영
밭두둑엔 노오란 봄동
흥얼거리는 트랙터 차창가로
둥개둥개 흘러간다

빛나는 쟁기보습 따라
싹싹 드러나는 흙의 속살들,
갓 잘린 풀냄새와 흙냄새가
아지랑이 따라 온 들판에 가득하다

부지런한 사람들은 벌써 신 나락 종자를 담그고
못자리 물을 잡는다

해마다 이맘때의 논갈이는
얼마나 농사꾼의 가슴을 설레게 하는지
행여 올해는, 올해는 하다가 흰 머리가 돼버린
지나가는 연북 노인네도
꽃처럼 웃는다

먼 동네, 감나무 잎들은 지붕을 가리고

짝 찾는 장끼 소리는
짜랑짜랑 넘어간다

어버이날

그래도 어버이날이라고, 평균 나이가 환갑인 동네 청년회에서
경로잔치를 열었다 전날부터 득달같은 마을 이장 방송 소리에
지팡이에 매달린 노인네들이 하나둘씩 모여든다

마을 앞 느티나무는 한창 클 나이라 스치는 바람에도 잎을 곧
추세우고 무성한 그늘을 깐다 첨벙첨벙 무논의 쇠스랑질, 소 여물
한 바지게쯤이야 후딱 해치우고 막걸리 뚝배기도 시원하게 훔치
던 검신 사람들이다

주전자 들고 논둑길 달리던 조무래기는 동네 이장이 되었고, 더
어린 후배도 없어 경로잔치 궂은일은 다 지 차지가 되었다 이제는
돼지비계 한 점도 버거운 앞 이빨만 남았다
무너진 젖가슴에 붉은 꽃만 두세 송이씩 달고 나왔다

지방선거 앞둔 정치꾼들 들락날락 명함만 쌓인다 한바탕 놀아
보자는 말에 장구 메어주니, 동네 장구잽이 잔가락은 살아 있는데
노래 불고 춤출 사람이 없다

도둑놈 못자리

돌아가시기 몇 해 전
저녁상 물리고 단둘이 테레비를 보는데
9시 뉴스에 국회의원들의 몸싸움이 한창이다
칠십 평생 좀처럼 자신의 정치적 견해를 밝히지 않던 아부지가
그걸 보고 한 말씀 하셨다

"쩌그가 바로 도둑놈 못자리다"

모내기 1

동네 청년들은 못짐 지게로 힘자랑을 하고
다리통 다 내놓은 아낙과 남정네들이 한 줄로 섞어 서서
이쪽 논둑에서 자 하면, 저쪽에서 지 허고
이쪽에서 보 하면, 저쪽에선 지 해가면서,
웃어 싸면서
들판은 푸른 모들로 물들어갔다

들 방전, 미루나무 꼭대기에 해가 걸리면
지나가는 장꾼부터 시작해서
집안의 노친네, 동생을 들쳐 업은 놈,
맨발로 때 긴 네살배기 아이들까지,
일꾼보다 몇 배 많은 군식구들이
첫 모내기 찰밥에다가 막 버무린 배추김치,
감자 애호박에 갈치 넣고 지진 것들을
국 사발에 말아서 보래기 찜을 해댈라치면
미루나무 매미들도 짱짱하게 울었다

모내기 2

삼천 평짜리 너른 논에
이앙기
나
플라스틱 모판의 모

이렇게 셋이 있다
장화에 진흙 한 점 안 묻은
나 혼자 있다

달뱅이 논

철길 건너 아파트엔 하나둘 창窓이 번지는데
지겟작대기 같은 김씨 어르신이
비틀대며 못짐 지고 논두렁을 걸어간다

맨 지게 가득 모를 지고도 이까짓 것
암시랑토 않다고, 너무 개붑다고 너스레를 떤다
요런 논까지 빌려 짓냐고 통상이 주는
어린 내 앞에서 차마 욕심으로 보일까봐…

너무 작아 보이질 않는다
급행열차 옆구리에 치어 소리조차 들리질 않는다

철없던 시절, 차창에 붙어 환호하던
그 풍광이 맨발에 비틀거리고
자꾸만 미끄러진다

뜬모

일부러 사 넣은 우렁이가
잡초 대신 먹어버려 휑한 논배미,
버려진 모를 찾아 고읍 들판까지 갔다가
논 삼백 마지기를 부친다는 그 양반의
육묘장에서 짱짱한 모를 구할 수 있었다
십만 평의 나락이라…
물신을 신은 채, 한쪽 눈은 짜부라진
검게 탄 얼굴의 농사꾼이
모 값 내미는 나에게 손사래를 친다
차라리 수박 농사라도 그렇게 지었으면
사장이란 말이 어울렸을 것을,
모를 싣고 돌아오는 차 안에서 나도 모르게
윤심덕의 사의 찬미를 부르고 있다
돈도 명예도 사랑도 다 싫어지면
뜬모는 누가 할까
그러기까지 내 뜬모는 어떠해야 할까

판소리 염불

넷이서 일하는데 둘이가 벙어리다
그래도 모판은 짜야 하니
입으로 주고받는 말 대신 손짓 발짓이 앞선다
이제 촌구석엔 이런 사람들만 남아 농사를 짓는다
그래서 우리 아부지, 그리 역정을 내셨나

그 못자리 둘러보고 오는데
동네 절간의 염불소리 들린다
청아한 불경 대신 판소리가 들린다
판소리 다섯 마당 어느 대목인지는 나 몰라도
문득 내 가슴을 치며 울리는 염불소리

귀머거리 반편이들 모여 지은
못자리는 저리 쑥쑥 잘 자랐고
법당에서 들려오는 판소리 염불이
반야심경보다 더 깊게 울린다

고수高手

쌀농사는 못자리가 반농사다
종자를 언제 담궈야 할지
해마다 그때가 항상 어려워
과수원에 풀 치다 말고 날짜만 헤아리고 앉았자니
지나던 동네 노인장이 한 수 거든다

감나무 가지에 앉은 새가
보일락 말락 할 때가
그때라 한다

주막을 나서며 1

나에게도
농사꾼 술친구 하나 있었으면 좋겠다
혼자 마시는 술은 왠지
가슴에 고여 몸을 상하게 하지
주모도 참한 단골주막집의 농사꾼들은
모두 내 아부지 또래,
막걸리 사발 놓고 농사 얘기 하다 보면
나이 같은 것은 금세 잊지만,
두 손으로 받고 따르는 술잔 말고
니냐 나냐 왁자하게 함께 마실
그런 친구들이 있었으면 좋겠다
거친 모내기 끝내고
이렇게 추적추적 비도 오는데
막걸리 한 사발에 팍팍한 농사일 함께 마셔버릴
그런 친구들이 있었으면 참 좋겠다

주막을 나서며 2

주막에서 만나는 농사꾼들 중에는
열 손가락 온전한 사람이 흔치 않다
한두 마디 없는 것은 다반사고
엄지 이후 통째로 민둥어리인 손들도 있다
유난히 가늘고 긴 내 손가락이 쑥스러워
탁자 아래로 슬그머니 내려놓곤 하는데
그들은 그 손을 당당히 들어
내게 농사일을 가르치고
호탕하게 술값을 가린다
이제는 반들반들 윤기가 나는
그 손들과 악수하고 주막을 나서면
손가락 잡아먹은 경운기는
노새처럼 비 맞으며 지 주인을 기다리고

비 그치고

장맛비 그치고 산 빛은 더욱 짙은데
내 논은 망망대해가 돼버렸네
난데없는 물새들까지 날으니
강호江湖의 유정이 따로 없구나

잘된 논, 못된 논 할 것 없이
벌건 황토물 아래 평등해져 버렸으니
달려온 군청 직원도 뒷머리나 긁적이고
비옷 입고 설치는 나도 뾰족한 수가 없다

주막 막걸리나 죽이다가, 논물 빠지면
마을사람들 흔한 병문안 가듯
물속에서 버둥대다 허리 늘어진
내 나락들 곁에
더 오래 서 있다가 오는 일밖에

농정약사農政略史

우리나라에 모내기 못줄이
완전히 보급되는 데 20년이 걸렸다
그런 못줄들
헛청에서 삭아가다 고춧대나 묶고
리어카, 경운기로 실어 나르던 못밥 대신
치킨과 짜장면이 논둑으로
배달되는 데 채 10년이 걸리지 않았다
과학영농 식량증산, 적기방제 풍년농사에서
웰빙시대 경쟁력 강화,
고품질 친환경으로 가는 데는
5년이 채 걸리지 않았고,
18만 원 하던 쌀 한 가마가 13만 원으로
폭락하는 데는 1년밖에 걸리지 않았다

4부

—

보리밭 편지

염부

지구는 짜고
푸른 별

눈물이 없는

우주의
간을 맞춘다

보리밭 편지

오랜만에 보리논을 둘러보았습니다
꿈적도 않던 보리 두둑에 싹들이 올라오고
멀리서 보니 자못 푸른빛을 띠는 것이었습니다
그 작고 여린 잎이 어떻게 언 땅을 뚫고
올라오는지 신기하게만 생각했는데
두둑에 앉아 가만히 보니, 그들은
맨땅을 뚫고 솟구치는 것이 아니라,
흙덩이 사이사이 작은 틈새를 따라
땅 위로 오르는 것이었습니다
어린 새순을 최대한 말아 다치지 않게
밀어 올리고 있었던 겁니다
우리 눈에 잘 보이지도 않는 작은 틈이
그들의 산도産道였고 자궁인 셈이지요
뿌리들 또한 그렇게 반대편으로
길을 내고 있겠지요
수천 수만 개의 씨앗들이 그렇게 움직이니
땅이 들썩이고, 부풀어 오르고
비로소 청보리밭이 됩니다. 그 길을 따라
물이 흐르고, 바람이 들어
보리 냄새 풍기는 봄이 되는 것이지요

하, 겨울 보리밭에서 알았습니다
우리가 왜 아이들 앞에선 속수무책이 되는지,
억장이 무너지는지 알았습니다
봄이 되면 꽃이 피고,
시멘트 바닥에서 뒹구는 우리가
왜 아직까지 살아 있는지를

논두렁 대화

젊디나 젊은 사람이, 소위 배왔다는 사람이 농사 하나를 지도남 허고는 다르게 지야제, 풋덕진 논배미 붙들고 맨날 엎어져 있으면 어쩔 것이여! 옳으신 말씀이요, 이 나이에 쌀농사 짓겠다고 논에 피披나 뽑고 있는 놈은 벌교 바닥에 나밖에 없을 것이요.

그러요마는 곧 죽어도 쌀은 오곡의 보스요, 백곡의 왕이어라.
한번 보씨요잉. 나락만큼 오래 산 것이 있습디여. 바람 맞고 비 맞고 번개 맞고 서리 맞고 재수 없으면 태풍 맞고 잠수 탔다가도 가을이면 영락없이 씨 냉게서 밥 되는 것이 뭐가 있습디여. 그것도 한디서,

지나 우리나 하늘에서 몸 받어서 춘하추동 생로병사 한 시절 살다 가는 것은 도길 게길 아니요. 이라고 큰 것이라, 그 맛도 덤덤해서 하루 세끼 평생을 묵어도 안 질리고 대대손손 아들딸 쏙쏙 나서 이때까지 살아온 것 아니겠소. 이순신 장군만 나라 지겠다요?

가을이면 노랗게 익은 들판, 우산각에 앉어서 보면 얼마나 보기 좋습디여. 그 덕에 동네 우물 안 모르고 한여름에 매미소리라도 시원하게 듣고 사는 것 아니겠소. 평생 지 봤은께 더 잘 알 것 아니요, 위엣 것들 설레발친 것이 어디 한두 해요. 말짱 씨잘데기 없는

짓거리제라!
 - 허허이 곧 죽어도 지 못났단 소리는 안 하구마잉.

마정리 밭

배추를 심는다 두둑에 배추모종 가지런히 꼽히니

황토땅은 밭으로 생기가 돈다 끝이 가물가물 하던 동네에서 가
장 큰 밭,

하얀 찔레꽃 산딸기 익는 언덕배기 따라 웃통부터 벗고 냇가로
뛸 때면 땡볕 아래 넘실거리던 콩밭에는 항상 부표처럼 떠 있는
머릿수건이 있었다

일요일날 오후, 자취생들로 꽉 찬 광주행 비둘기호 열차가 이곳
을 지날 때면, 하얀 수건은 그제사 허리를 펴고, 강 건너 철길을 하
염없이 바라보는 모습이 차창에 뿌옇게 번지던 마정리 밭

그 밭에 배추를 심는다

농사꾼이 되어, 두 아이의 아버지가 되어

비를 맞고 배추를 심는다

엄마의 호미자루 썩어 흙 된 이곳에

맨발로 지심 매던 그 소리 듣는다

등짝으로 쏟아지는 빗소리 듣는다

손시手詩

트랙터를 몰고 벌교 읍내를
지나야 내 논에 갈 수 있다
원래는 불법인데 그러려니 한다
써레까지 채운 트랙터가 읍내에 들어서면
뒤차들이 잽싸게 추월을 하고
경적을 울리기도 하지만
간혹 좌측 깜박이를 켠 채로
한참을 기다리는 차들이 있다
내 속도를 감안해서 기다려주는 것이다
그럴 때면 나는 창으로 손을 내밀어
흔들어주고 그 사람도 손을 흔들어준다
흙 묻은 장갑이, 맨 손바닥이
서로의 얼굴이 되고 마음이 되는 순간이다
시를 만나는 순간이다

낙관

뒷들에 장작불 피워놓고
나락종자 소독물 끓기를 기다린다
대숲을 지나온 하늬바람에 감나무 잎들은 깔깔거리며 웃고
땅을 덮은 머윗대는 수런수런거리는데
장독대 위 공중에 찍힌 붉은 낙관,
장미 두 송이가 흔들리고 있었다

검붉은 장미
붉. 은. 장. 미. 라고 천천히 불러보자
놀라워라, 가실하는 농사꾼에게는
헛배만 부른 꽃이라 외면했던 그것이
두 눈에 맺혀 오는 것이 아닌가
부는 바람에 그 잎이라도 날릴라치면
먼지 앉은 기타의 현을 고르고
뜬금없이 수 통의 편지도
보내고 싶어지는 것이 아닌가

늙은 예수

백 년 만의 대 가뭄이란다
원망스럽게 별이 총총한 밤
저녁도 굶고 논물을 대다,
식구들 데리러 교회에 가니
아직 예배가 끝나지 않았다
하나님을 영접하자는 목사님의
설교 소리는 낭낭히 들리고
형광등 불빛 뿌얀 창문으로
찬송가는 울려 퍼지는데
왠지 모를 서러움에 가슴이 메인다
밤만 되면 벌건 십자가가
은하수를 가리는 이 나라에서
아랫도리가 흙투성이인 나는
어디다 무릎을 꿇어야 하나
어디서 하나님을 만날까
내가 아는 늙은 예수는
고장 난 양수기를 짊어지고
타는 들녘을 헤매고 다니는데

위성도시

서울 톨게이트를 빠져나와도
판교 분당 용인
서울이 거느린 위성도시를
벗어나는 데는 한참이 걸렸다

고속버스를 다섯 시간이나 타고 달려
남도의 끝자락 순천에 내렸다
아내에게 전화를 날렸다
가장 먼 궤도의 위성도시에
이제 막 도착했다고

태풍

순간 최대 풍속 50미터가 넘는
초강력 태풍이 올라오고 있다
이미, 우리 머리 위에서
거대한 회오리를 일으키며 몰아치고 있다

여물 찬 나락들은 흙탕물에 얼굴을 묻었고,
백 년 넘은 고목들조차 기꺼이 팔 하나쯤은 내놓는다
딸기하우스 단지는 순식간에 거대한 쓰레기장으로 변해버렸다
폭풍에 날리는 비닐조각들이 백색의 불길처럼 펄럭이고
이미 가슴이 타버린 농사꾼은 발길을 돌린다

이 태풍이 오키나와를 강타하기 전부터
우리는 시시각각 태풍의 이동경로와
발생부터 소멸까지를 모두 알고 있었다
알고 있었지만,

국지성 호우는 예측할 수 없고,
총알처럼 튕겨나가는 피스못을 예측할 수 없고,
땅속부터 서서히 꺼져가는 침하를 예측할 수 없었다
전기와 물이 끊기고, 최신 스마트폰마저 먹통이 되고

때를 가늠하기 어려운 거대한 폭풍의 회오리 아래
꼼짝없이 갇혀버렸다

최신공법의 시스템 창호가 아무 시스템 없이 쏟아져 내리고,
원시의 토굴보다 별반 나을 것 없는 지붕 아래에서
무섭다고 엉겨드는 어린것들을 다독이며
하늘의 회오리가 어서 멈춰주기만을 빌 뿐이다

백일홍

논둑 길어 작대기 꽂아가며
여름내 피 뽑은 갯논 열 마지기,
입추 지나 처서 오니
이쁜 새끼들 올라오나 했더니
비온 뒤끝, 가장자리부터
허옇게 말라가기 시작한다
약이 없다는 마름병이 들불처럼 번져
논바닥은 늦가을 북새마냥 타들어 가는데
내가 할 수 있는 게 없다 소 새끼도
비닐하우스도 없는 외자식 농사,
차라리 보지를 말자 했다, 다시 되돌아오는 길,
길가 백일홍이 붉은 처마를 들고
잠시 쉬어 가라 한다

풍경

신작로 버드나무 가지에서
청개구리가 떨어지던 어느 날이었다
앞섶도 채 추스르지 못한 중년의 사내가
아내를 리어카에 태우고
달리듯이 읍내로 내려가고 있었다
여자의 몸에서는 피 한 방울 보이지 않았지만
종아리를 헝겊으로 질끈 동였다
놀이도 시들할 즈음,
그 사내는 돌아오고 있었다 멍한 얼굴로
터덕터덕 리어카를 끌고 있었다
내려갈 때 앉아 있던 여자는
바닥에 쓰러져 있었다

광한루

연꽃 사이를 천천히
헤엄치는 잉어들은
버드나무 가지가
심심해서 그리는 그림

하늘로 지는 잎을 물고
오작교를 건너는 금빛 잉어들은
님에게로 가는
버드나무의 꿈

폭염

들판 한가운데 서 있었다
새 한 마리 날지 않고
나락의 잎싹마저 삐들삐들 말라 가는
끓어오르는 폭염의 들판이었다
어깨를 채 가리지 못하는
밀짚모자의 그늘 아래에서
땀을 내 놓으며 서 있었다
여러 갈래의 이정표들이
어깨를 치며 스쳐갔지만
물기둥에 가물거리는 들판만
뚫어지게 바라보았다
아무 말도 하지 않았다,
아무 말도 필요치 않았다
그 시각의 들판엔 아무도 없다
산 너머에선 가끔 천둥이 울리고
몇 번의 노을이 피었다, 꺼졌다
쓰러지지 않은 것들에게 이슬이 맺히고
그 속으로 걸어 들어가 누웠다
비루하고 쓸쓸한 것 같은 풀벌레 소리가 가득 밀려왔다

붉은 티켓

오늘 아침에도 어김없이
붉은 티켓 하나 받았다
행선지는 없고
여행 가능 시간만 찍혀 있는
환불 불가능 편도 티켓이다

고구마

이십 년도 넘어 잡아보는 차가운 악수
아이들과 살면서 식당일을 나간다고 했다
어릴 적, 혼자 그 아이의 집에 간 적이 있었다
그토록 맛나다는 고구마가 먹고 싶어서
더러워진 눈이 담벼락 밑에 치석처럼
쌓이던 겨울, 마당가엔 연탄재가 구르고
항상 간장 졸이는 내가 나던 그 집,
얼굴이 얽은 그 애 엄마는 새벽부터
거적 짜는 공장에 나갔고, 동네에서
장사 소리를 듣던 아부지는 이가 하나밖에 없었다
그 아이도 나가고 없는 빈 집
정지 문짝 사이로 쥐꼬리가
보이고 마루 한편짝 양푼 속에서
꾸덕꾸덕 말라가던 고구마

그대 시인이여

아무 데고 걸어도 걸릴 것이 없는
사막에도 길이 있어
사람들은 그 길로만 다닌다
거리를 가늠할 수 없는 이곳에서 길이란
결국 방향, 달의 운행과 별들의 궤적
십 리 밖의 물 냄새를
쫓는 늙은 낙타의 발굽이 만든 길
그 길을 따라 등불이 내걸리고
지친 나그네는 그 빛을 쫓아간다
해를 삼켜버린 거대한 모래폭풍이
휩쓸고 간 자리, 과거도 미래도
현재라는 잔해조차 찾을 수 없는
사막이라 불리는 땅
사방이 길이면서 사방이 막힌 이곳에서
어디로 갈 것인가, 나의 실크로드여
붉은 달은 다시 떠오르고
바람의 물결자국을 비추는데
가슴 위의 나침반은 어디로 떨고 있는가

이름

사람들과 가까운 산을 오르다 보면
나무둥치에 꼭 이름을 새기는 자들이 있다

한 철도 못가는 사랑과
곁가지보다 짧은 인생들이 새겨놓은 이름들

나무는 묵묵히 송진을 흘려
끝내 그 칼자국을 지운다

1974년 여름

동네에서 키우던 커다란
셰퍼드가 열병으로 죽었다
그 집 형제들은 동네가 떠나가라 울었고
마을 어른들이 개를 지고 가
뒷밭 소나무 밑에 묻었다
해질 무렵
어른 서너 명이 다시 올라왔다
소나무 밑을 파기 시작했다

밤의 경전

비와 천둥소리만으로 읽어 내리는
두꺼운 밤의 경전이여

사과꽃 지고 물비린내 진동하는
제목 없는 너의 표지를 찬찬히 쓸어본다

번득이며 넘겨지는 젖은 페이지에
또 어떤 슬픈 주석註釋이 달리고 있다

갈대밭

허옇게 마른 갈대와 새로
올라오는 갈대들이
한 바람에 흔들리고 있다

둑에서 바라보는 갈대밭은
지난해의 빈 꽃대들로 아직 누렇지만
차오르는 녹음의 수위가 팽팽하다

얼마 전부터
발끝이 심하게 저려온다

해 질 무렵

하루 일을 마치고 서쪽으로 창을 낸 부엌 식탁에 앉아 막걸리를 마시며

장엄하게 지고 있는 해를 보고 있자면 사는 게 너무나 자명해질 때가 있다

나의 하루가 나의 일생이 저럴 수 있을까

웃을 만큼 웃고 울 만큼 울고 노할 만큼 노했다 해진 작업복을 던지고 뒤도 없이 누워 버리는 일몰의 해를 서산이 받아 안고 돌아 누우면 창에는 가등이 켜지고 밤하늘엔 별들이 뜨기 시작하는 것이다

돌이켜보면 한 해를 살다가는 개망초가 내 키를 넘고 벌써 스무 번이 되도록 저들을 심고 베어냈는데 아직도 갈퀴 같은 내 손을 보고 있자면 오히려 나이테가 한 겹씩 벗겨지고 있다는 참혹한 느낌이 들 때가 있다 그럴 때면

한 잔을 더하고 집 마루에 앉아 하늘의 별들과 그 사이를 흘러가는 상현달을 보기도 하고 밤하늘보다 더 검은 앞산의 실루엣을 망연히 바라보는데 산등성이 아래로 찔레꽃 같은 등불들 피어나고 무논에서는 와글와글 멍머구리 소리 드문 소쩍새 울음 밤 고양

이 풀밭 헤적이는 소리…

늦도록 앉아 있는 나를 사이에 두고 또 다른 세상이

미치고 황홀하게 돌아가는 것 같고 뭐라 말할 수 없는 느낌이
들 때가 있다 이럴 때면 천지간의 배꼽에 내가 앉아 있는 것만 같
아 한없이 깊어지고 사랑스러워져서 아무렇게나 자고 있는 아들
놈의 정강이를 쓸어보기도 하고 띵띵 부은 아내의 볼을 만져보기
도 하는 것이다

검독수리

붉은 바위산에
제 그림자를 끌며 천천히 날아오르는
검독수리 한 마리,
성큼성큼 하늘을 밟고
올라 거대한 날개를 편다

등 뒤에 떠 있는 것은 한낮의 태양
더 높이 나는 새는 이 세상에 없다
권태의 하늘은 순식간에 사건이 되고
어떤 징조로 숨이 막히는
정적의 공중으로 변한다

먹이를 노리며 천천히
갈아대는 하늘은 거대한
볼록렌즈처럼 한 점을 태우고
너는 날개를 꺾고 급강하하며
투창처럼 내리꽂힌다

퍼덕거리던 생사의 파문조차
삼켜버린 너의 동공은

먹빛 호수처럼 일렁이고,
튀어 오른 너의 깃털은
초원으로 떨어지는 별의 후손들의 머리에 꽂혀
밤마다 경배의 불꽃으로 타오른다

가라, 수리여!
시푸른 창공과 거센 바람은 너의 옥좌
너의 두 발은
우스꽝스럽게 걷기 위해 있는 것이 아니라,
벌떡이는 심장을 움켜쥐기 위하여 존재하는 것
눈밭을 뛰는 이리의 뼈를 쪼며
너의 부리는 단련되지 않았던가

오 자제함이여
어떤 궁극이여
뜨거운 바워너설에 부리를 닦고
광활한 초원을 비껴 보는
천길 낭하의 검독수리여!

꽃보다 이모님들께

한여름 땡볕 아래
혼자 엎드려 논 매다 보면
내 키보다 작은 나무 한 그루가
고마울 때가 있지요

배는 고픈데 밥때는
멀고 물 한 모금이 간절할 때
이웃 논둑에서 불러 권하는 막걸리 한 잔이
정말 고마울 때가 있습니다

오늘, 같이 피를 뽑은 쟁동 논은
논둑에 나무 한 그루 없고
아무나 불러서 잔 권할 이 없는
타성받이 동네인데, 이상하게

느티나무 그늘 우거진 당산에서
놀다가 온 것 같습니다
바람 소리, 웃음 소리,
자박거리는 무논의 발걸음,

나무이듯, 여러 나무이듯
그 뿌리, 그 가지가 엮여
건너편 논둑이 너무 가깝고
중천의 해가 두렵지 않았습니다

님들, 잘 가셨나요
마루 끝에 화덕은 아직 뜨겁고
비 개인 앞 산마루를
지금도 바라보고 있습니다

＊ 꽃보다 이모– 부산한살림 생산자 일손돕기 모임 이름

가을 공원

돌계단 천천히 오르다 보니
계절이 다 갔다

낙엽 지고, 하루도 저물어 노을 드는데
돌의 언저리는 아직 따숩다

돌아보는 것들마다 아름다운 계절

등꽃 향기 배인 옛 벤치에 앉아
터무니없이 날려 보낸 꽃잎들과
빠르게만 흐르던 노래들을
가만히 다시 불러 세운다

붉은 귓불에 닿던
고개 숙여 듣지 못한 코스모스
그 짧은 사랑노래를

낙엽 쓸리는 가을 공원에 올라
이명에 잠긴 귀로 조바심친다

별

보리밭에 오줌 누다 올려다보는 별
인광에 가려 하늘 정수리에만 뜨는 별
글 모르는 파르티잔이
자신의 서명 대신 말했다는 밤하늘의 별
언덕 위에 서서 울던 고흐의 눈에 그렁지던 별
마실갔다 돌아오는 골목길 엄마 등에 업힌
작은 내 눈에 쏟아지던 별
새벽 들길 나서는 농부의 이마 위에 빛나는 별

별 하나에 사람 하나,
별똥 하나에 목숨 하나
되돌아 믿고 싶은 별
저 별빛들

옥수수 밭

하지夏至에 씨 뿌린
칠월의 옥수수 밭,
땅 맛을 본 옥수숫대가
푸른 분수로 솟구쳐 오른다
자갈땅에 앙카처럼 뿌리를 박고
밀어 올리는 수압을 견디지 못해
잎사귀는 미친 태양의 갈기처럼
푸들거리며 끝을 떤다
한낮의 햇발이 턱턱 달구는 칠월의 옥수수 밭
수천 수만의 물줄기가 솟구쳐 올라
드디어 넘실대는 푸른 물결이 된다
그 속에는
물찬 고등어 떼가 몰려다니고
그 사이를 전속력으로 뚫고 튀어 오르는
거대한 황새치가 있다

뿌리 없는 곡식

벌초하고 내려오는 길
밭 한쪽을 고구마 넝쿨이 덮고 있다
사방으로 뻗은 줄기가 서로 얼크러져
높게 친 두둑은 보이질 않는다
땅 닿는 줄기마다 뿌리를 내리고
그 뿌리가 바로 열매인 고구마
박한 땅에서 씩씩히 자라
농투산이들 주린 배 채워주며 끊어질 듯
끊이지 않은 질긴 고구마대여
서리 치는 황토 땅에서 밑이 들던
붉은 고구마를 나도 캐 보았다
뿌리 없는 곡식은 없다 했는데
당신들은 흙으로 돌아갔고
나는 두 아이의 애비가 되었으니
면면히 굽이치는 저 산하,
그 어디쯤 넘어가는
붉은 고구마 넝쿨입니까!

가을비

비가 온다
이토록 아름다운 위선이라니,
병목현상을 부르는 사랑의 울돌목
내리는 비여,
턴테이블에 피는 무색무취의 꽃이여

허수아비

서숙이 익어가는 밭가의 허수아비
언제부턴가 산비둘기 쉬어가고
참새들은 재미난 놀이터에 신이 났다

사람 옷을 입히고
아무리 험상궂게 얼굴을 그려 넣어도
허수아비는 허수아비,
휘이 휘이 새들을 쫓지 못한다
돌팔매질도 할 줄 모른다

새들이 속아줄 때 까지만
속아준 척할 때까지만 쓸모가 있는
이 세상에, 가장 평화로운 무기다

나팔꽃

저 꽃을 보면 왜 전봇대가 생각날까
그날 밤 엉망으로 취해
오줌 누다 올려다봤던가
차갑고 미끄러운 몸뚱어리
밑둥부터 감고 오르던 꽃
안을 수만 있다면, 온몸이 넝쿨이 되어
스스로를 붙들어 매는 것이라고,
삶도, 사랑도 이렇게 칭칭 휘감아
안는 것이라고, 함께 꽃피어 가는 것이라고
주저하며 흔들리는 나에게 손나팔로 외쳐주던
그날 밤, 바알간 등꽃을 피워
외진 뒷골목 비춰주던 푸른
전봇대 꽃대궁

복숭아

어떻게 하면 허공에
이런 단맛이 고일까

어떤 오랜 생각이
이런 향기를 풍길까

단단한 씨를 싸고
성단의 은하처럼 소용돌이치며
살이 차오른 복숭아,

먼 심부름 나서는 나에게
등피 부르튼 나무가 건네주는
잘 익은 복숭아 한 알

석류나무

바람이 분다 놓아버렸지만
아직 떠나지 않은 것들이 있어 나무가 바람에 흔들린다

저렇게 한번은 같이 흔들려 주는 것이 예의라는 듯, 더 이상 반짝이는
이파리가 아닌 낱낱이 늦가을이 되어버린 것들이
닫혀버린 부름켜의 문고리를 물고서 아직도 매달려 있다
돌이킬 수 없음의 빛깔이 온통 세상을 물들였다

뜨거운 부리로 울던 새의 피는
갈라 터진 화덕 속에서 알알이 식어 응어리졌다 아름다운 파기,
다 주고 떠나는 것들이 뒤집어 보여주는 손바닥
해진 손금들을 모두 거두어
죽어서도 벗지 않을
가락지로 두르는
늦가을의 석류나무

불면

먹성 좋은 생활이란 말을
우리에 가둬 두고
아무리 내 잠을 먹이로 준들
이들이 배부르다 할까?
애당초 나는 서툰 마부,
시간의 초지에 방목하고
고요하고 둥근 그늘에 앉아
잘린 가지에서 새로 돋는 시의 잎새와
풀잎마다 내려앉은 밤별들을 쓰다듬다 보면
붉은 눈의 부지런한 애벌레가
갉아대는 산등성이와
거대한 범종소리 같은 들녘이
천천히 열리기 시작한다

쌀농사 10년에

쌀농사 10년에
나락 한 알 속의 우주는 보았는가?

논고랑에 머리 박고도,
하루살이 멸구도 구별 못하는 나에게
논둑에서만 둘러보고도
"매루 왔구마 약 해야 쓰겄네"
아지랑이 논둑길로 유유히 멀어지는,
오뉴월 햇살에도 빛나는 것 하나 없는
자전거를 그저 눈부시게 바라볼 뿐이었지

십 원짜리 하나에도 목숨 걸고
물꼬 앞에서 삿대질하다가도
금세 허허, 주막거리 함께 나서는 작고 작은
농투산이들만 보았지

쌀농사 10년에
나락 한 알 속의 우주는 듣도 보도 못하고
자는 듯이 누웠다가,

문지방의 박 바가지 단번에 깨고서는
그대로 우주가 돼 버린, 그런 사람들만 보았지

신씨 어르신

회정마을에서 중도들판 끄트머리까지
그 먼 논두럭 길을 작대기 하나 짚고
하루에도 두 번씩 지성으로 오가던 사람이었다
여름 땡볕에 땀 범벅이어도 만날 때마다
누런 웃음이 귓가에 걸리던 사람이었다
"그쪽 물꼬도 내가 봐 났소" 아들뻘도
안 되는 나에게 꼬박꼬박 존댓말을 쓰던
이웃 논의 농사꾼 신씨 어르신,
서울 아들놈이 사줬다고 자랑자랑하던 전기 스쿠터는
한 해도 못 가서 주인을 잃었고,
어르신 논배미에는 청보리 대신
사료용 풀이 자라고 있다

어찌 보면 그 양반의 팔십 평생은
이 논두럭 길을 오가다 끝난 셈이다
풋덕진 논배미, 어린것들 목구멍에
풀칠이나 면해보는 환장하고, 아득한 일을
평생 미치지도 않고 해내는 것이 신기하기도 했지만
이제는, 그것이 그들을
들판에서 늙게 하는 힘이라 믿게 되었다

본 적이 있다

기어코 황소는 입에 게거품을 물고
잔설이 깔린 논바닥에 쓰러졌다
화가 난 주인은 욕설을 퍼부으며 연신
고삐로 등짝을 내리쳤지만
거름장 같은 황소의 등에서는
허연 김만 오르고 있었다

동물원에 가보기 전까지
땅 위에서는 당할 것이 없던 황소가,
갈고리 같은 쟁기날에 걸려
쓰러지는 것을 본 적이 있다

중학교만 마치고 지게를 진
셋째 형의 너른 등판이
시커먼 정지 부뚜막에 혼자 엎어져서
꺽꺽 우는 것을 본 적이 있다

사슴

매실 따러 밭에 들어갔다가
워메! 털썩 주저앉았다
멧돼지 대신 큰 사슴 한 마리가
풀 속에서 버기적거리고 있는 게 아닌가
총에 맞은 아랫도리는
이미 썩어 구더기가 일었고
그 몸으로 버둥거리다
이내 거친 숨만 몰아쉰다
서로가 난감해 빤히 쳐다만 보는
사슴의 얼굴은 온통 눈뿐이다
날은 저물어가고
궁리 끝에 부른 119대원들도 속수무책,
마취총 들고 온 사슴목장 주인이
늘어진 사슴 들쳐 메고 가면서
내게 한다는 말,
이따가 피나 한 잔 하러 오씨요!

너구리 한 마리

간밤부터 뒷들이 소란하여 아침 일찍 나가보니
앞발을 다친 너구리 한 마리가
감나무 아래에서 낑낑대고 있었다
이번엔 너구리냐?
저번 참 사슴의 일도 있고 하여
인근 순천시 야생동물보호센터에 전화를 했다
벌교 읍사무소에 가져다 놓으라는 것이었다
실갱이 끝에 읍사무소로 가져가니
이 좋은 것을 굳이 여기까지 가져왔나며
읍 직원들이 입맛을 다신다
어찌됐든 너구리를 맡기고 돌아오니
내 마음도 흐뭇하고, 저녁 밥상머리에
아이들한테도 자랑스럽게 떠들어댔다
다음날 이른 아침,
아랫집 노씨 할머니가 찾아와서 하는 말,
– 어이 종구, 혹시 집에서 키우던
우리 너구리 한 마리 못 봤는가?

우기雨期

이 지리한 우기는 언제쯤 끝날까
숙모가 마을 할머니들을 서둘러서
아침 식전부터 배추를 심었다
두둑을 뽁뽁 기다시피 배추를 심고,
점심에는 주문한 아구탕 대신 썰렁한 백반이 나왔다
밥숟가락을 놓자마자 저마다
알약들을 꺼내서 털어 넣기 바쁘다
다들 진통제가 절반인 약을 먹어야
한나절 일을 마저 한다
또다시 내리는 비를 맞고
배추 잎이 안 보일 때까지 모종을 심다가
젖은 다리들을 끌고 골목길을 오른다
이렇게 해서 하루 일당이 2만5천 원,
아 추석이 내일인데,
차오르는 보름달은 보이지도 않고
가로등만 덩그러니 젖은 골목길을 비춘다

촛불집회

읍사무소 앞에서 열리는 촛불집회에
온 식구가 같이 갔다
이런 정치집회에 참석해 보는 것이 얼마 만인지
안치환의 노래에 맞춰 춤을 추고 구호를 외쳤다
얼마 안 되는 사람들이 모두 낯이 익은데,
전농의장 문경식 형이 나를 처음 만난 때를 기억한다
6공화국이 시작되고 함께 농민회를 시작했던 사람들이
이제는 반백의 머리로 촛불을 들고 앉아 있다
이십 년이 지나도 쉬지를 못한다는 농담에
서로가 허허 웃을 뿐
님을 위한 행진곡 대신 트로트와 댄스곡에 맞춰
율동을 하고, 최루탄 연기 속의 짱돌은 촛불이 되었지만
싸움은 더 지난하고
생활은 고절苦絶인 것을…

오늘은 장맛비 퍼붓는다

비에 잠기며 벼가 자란다
아이들이 자란다

갈대꽃처럼

농협 미곡처리장 앞마당에
작년 나락이 산더미처럼 쌓여 있다
저 많은 곡식을 보고도 배부르고
든든한 것 대신 올 가을 쌀값 걱정이 앞선다

생산비 보장하란 소리도 이젠 지쳤다
창고에 쌀이 썩어가도 굶주린 동포에게는
절대 줄 수 없다는 정치꾼들 앞에선 할 말도 잃었다

손때 묻은 삽 한 자루 어깨에 걸치고
이슬 덜 깬 논둑길을 천천히 걷다가 한낮이면,
주막 들러 막걸리 한 잔 하고,
해질녘 불어오는 들바람에
흰 머리카락을 날리고 싶을 뿐이다

방죽에 핀 갈대꽃처럼
그렇게 조촐하게 늙고 싶을 뿐이었다

오래된 길

시골에서 농사짓고 살아도
흙 밟고 걷는 일이 드물다
만만한 군 예산이 갈 데 없으면
산길까지 콘크리트로 깔리기 때문이다

장화 벗고, 양말까지 벗고
이슬 덜 깬 논바닥에 들어서면
선득선득하던 진흙은 이내
나를 편안히 받아준다
벼 포기와 눈을 맞춰 논매기를 시작하면
조용한 그곳에는,
개구리밥풀이 수련처럼 떠다니고
하얀 벗풀꽃도 피어 있다

버드나무 늘어선
여름날의 신작로 같기도 하고
메밀밭 넘는 황토길도 같은,

내가 맨발로 걸어가야 할
아주 오래된 길이 그곳에 있다

느티나무

들 가운데나 마을 어귀에
한 그루쯤은 꼭 있는
닳고 닳은 농부의 삽날 같은
둥그런 느티나무

까치집 대신 시커먼 새마을 엠프 달고
온 동네 새벽잠을 깨우고,
한여름 매미들한테는
넉넉한 동네도 되어주던 마을 앞 느티나무

고사술이야, 떡이야
사람 먹는 것은 다 받아먹고
나무면서, 나무가 아니었던 나무

가장 비싼 목재가 된 나무
크레인에 뽑혀서 회장님 정원에 서 있기도 하는 나무
동네마다 우두커니 할 일 없어져
밤마다 혼자 돌아가는 나무
마을 앞 당산나무

콤바인

닦고 조이고 기름 쳐서 콤바인을 탄다
벌교 읍내 어지간한 아파트 한 채 값을 호가하는 몸값도 몸값이
지만,
죽 뻗은 붐대가 전차의 포신처럼 당당하다

운전석에 높게 올라서서 엔진출력을 최대로 높이고 드디어 작
업시작,
어지간한 논두렁쯤이야 가볍게 넘고, 한 단지의 나락이 순식간
에 짚 검불로 화하면 나는 점점 신명이 난다

황금 들판이 모두 내 발아래 있고, 만주벌판 말 달리던 고구려
적 장수가 되어
속도 레버에 자꾸 채찍을 가한다 콤바인은 굉음을 내면서 질주
하고, 경쾌하게 울리는 칼날소리는 무엇이든 씹어 삼킬 것만 같다

기계와의 완벽한 호흡, 쇳덩어리와 혼연일체의 경지에서 거칠
것 없이 막바지 커브를 힘차게 꺾다가 덜커덕,

농기계수리센터 한 모퉁이, 눈코도 안 보이게 먼지를 뒤집어쓴 새카만 촌놈 하나가, 한 짝에 백만 원이 넘는 궤도바퀴 가는 것을 꼼짝없이 지켜보며 줄 담배만 피우고 있다

배추밭에서

해남에서 온 친구가
배추밭을 둘러보고는 고개를 살살 젓는다
돈 되기는 틀렸으니 일찌감치 갈아엎으란다
이 정도는 지들에 비하면 아무것도 아니라면서
아무것도 아닌데 그냥 속이 상한다
농사시절도 안 좋은 올해,
어떻게든 돈 사볼라고 했던 내 마음이 서글프고,
이 마당에 요놈의 배추 그냥 나눠줄
그런 사람들을 갖지 못한 것이 또한 슬프다
머잖아 또 봄인데,
나는 이 밭에 무엇을 심어야 하나
돌아가신 엄마가 뿌려 놓은 뻣신 갓은
또 노랗게 봄동 필 것인데

구절초

태초에 있었다는 말씀이라는 것조차
꽃 한 송이 피우기에도 버거웠을 것이다

사랑한다, 사랑한다 그 한마디 가슴에 두고
평생 공전을 거듭하는 생이 있어
새벽 별빛은 저리 시리다

밤 따라 꿈길도 짧아
강물 뒤채는 소리

청호반새,
청호반새 소리

5부
—
상강

쟁동 앞바다

세물 드는
쟁동 앞바다

주름 없는
붉은 실비단 자락을

건너 갯벌
왜가리 한 마리가

지그시 누르고 있다

상강霜降

1

햅쌀밥 한 그릇 앞에 놓고 보니, 아침저녁으로 들길에서 만났던 풀들이며 벌레들, 바지춤을 적시던 이슬들이 있었다.

백 년만의 가뭄에 논바닥보다 먼져 타들어간 내 가슴과 내 일이라면 자다가도 일어나 손발 걷어붙이던 귀머거리 영호 형님의 너털웃음도 있었다.

뽑아도 뽑아도 등짝만 뜨겁던 7월의 피披, 추수 끝낸 논바닥에 아직도 남아 있는 내 발자국과 율어 아짐들의 작은 발자국들. 고개 숙인 벼 포기 갑자기 시들어 논두렁길 조바심치던 나에게 괜찮을 거라고, 걱정하지 말라고, 부드럽게 내 가슴 쓸어주던 갯논의 밤바람도 있었다. 하물며 농약 안 뿌리고 뭐하냐고 꾸짖던 연북 노인네의 혀 차는 소리까지도 이제 생각하니 모두 이 쌀밥이었다. 부지런한 한 해 농사였다, 그리하여

2

들판은 저리 눈부시게 빛나고 논배미마다 나락 가마니 쌓여가는 그 맛에 평생 농사일 때려치우지 못하나보다. 올해는 다행히 바람도 없었는데, 몰아오는 태풍보다 더 어두운 이야기가 추수 끝낸 들판을 내리누른다. 쌀 재고 천만 섬, 증산정책 포기, 경쟁력 강화, 티브이에서는 으레 우리쌀 살리기 운동이 일어나고 무슨무슨 캠페인이 벌어지지만 지난 추석 불티나게 팔려나간 엘에이 갈

비세트와 진눈깨비만 뿌릴 이웃 형님네의 빈 축사가 자꾸만 겹쳐
진다.

3
칡넝쿨 먹구름처럼 덮여오는 산골짝 달뱅이 논, 수족 놀릴 수
있을 때꺼정은 농사일 손 놀 수 없다고 부득부득 비탈길 오르던
문덕면 가내마을 노인장, 통일벼 심어라 노풍 심어라 새파란 면
직원들 못자리 짓뭉개도 그저, 성한 육신 하나로 칠십 평생 고향
달뱅이 논 지켜온 이런 사람들, 배운 것이라곤 낫질과 지게질뿐
인, 전기세 고지서만 나와도 농협으로 우체국으로 달려가는 이 사
람들은 이제 어디로 가야 될까. 나는 흰머리 농사꾼으로 늙을 수
있을까.

4
속도에 속도의 액셀을 밟아대는 21세의 첫 가을, 나도 나이 덜
먹어서 읍내에 구멍가게라도 낼까. 인터넷 오이라도 해서 돈 버는
재미에 푹 빠져볼까. 아니면 백 마지기도 안 되는 동네 앞들 모두
쓸어다 기계화 한번 해볼까. 그렇게 해서 밀려오는 미국쌀 중국쌀
앞에서 장렬히 산화해? 쫓아가는 상념조차 숨 가쁜데
논둑 깎아 소 먹이고, 갱물통 구정물도 알뜰히 돼지 주고 개 주

고 닭 모이까지 휘휘 뿌려주고 나서야 아침상을 차리던 배골 아짐, 나일론 끈 하나라도 정성으로 모아 고춧대 세우고 행여 객지 자식들 왔다 갈라치면 "느그들 사는 데서는 이것도 다 돈이여" 찹쌀이야 콩이야 깨 한 봉지까지 트렁크에 쟁여주는, 버릴 것 하나 없는 진짜 농사꾼들과 언제까지 뜬모 하고 김매며 맛난 새참 먹을 수 있을까.

5

더러는 꽃상여 타고 억새밭 넘고, 더러는 뿌리 뽑혀 독한 땡볕로 날아가 버리면 무엇이 남을까, 버려진 논밭에선 무엇이 자랄까

평당 분양가가 매겨지는 관광농원이 자랄까, 바쁜 농번기 눈치 볼 것 없는 모텔이?

전원 경관을 자랑하는 황토 사우나탕이?

철근이? 굴뚝이?

......

첫 서리가 내린다는 상강霜降,

뒷들 감나무는 비에 젖고

식어가는 쌀밥 한 그릇 앞에 두고 상념만 깊어간다.

이 땅에서 농사꾼으로 살아간다는 것과
살아 있는 밥에 대하여.

그날 오후

플라타너스 잎들이
지기 시작하던 오후, 갑자기 내 트럭이 멈추자
뒤따라오던 자가용이 멈추고,
덤프트럭이 멈추고, 군내버스까지 멈춰 섰다

아스팔트 위에는
똑 똑 소리만 남았다
누구도 경적을 울리지 않았다

허리보다 더 낮은 얼굴의 할머니가
고개를 돌려 무슨 말을 했다

가을 햇살이 참 따뜻한 오후였다

지하철 안에서

삽 한 자루 없이 내딛은 이곳,
사람들은 신문지 몇 장과 빠른 손가락 놀림만으로도
되도록이면 서로의 눈길을 피하고 옷깃을 스치지 않아야만
유지되는 기묘한 친밀감을 만드는 방법을 안다

떴다 지고, 떴다 지는 광고판 위에 흔들리며 떠내려간다
철근과 공구리가 없이도 번쩍이는 중층적 이미지들과
판타스틱하게 열리는 숲과 거리와 남보다 빠르게 시대를 앞서
사는
앞서 살아야 하는, 살아 제끼는,
와이드 평면 브라운관들이 듬성듬성 나를 지우고 간다

해는 더 이상 운무 속에서 떠오르지 않고
노을은 미루나무를 적시지 않는다
쌀나무는 백화점 식품매장에서 무럭무럭 자라고
아직도 환승역이 두 개나 남은 대낮의 굴속에서
손잡이에 매달린 어색한 양복 한 벌로 흔들린다

비 그친 가을 햇볕

비 그치니, 단풍 들겠네요
뿌리에서 가장 먼 곳부터, 하늘에서 가장 가까운 데서부터
세상에 처음 있는 빛깔로 어깨를 스치고
발아래 구를 때, 우리 단풍구경 가요
산사의 처마도 좋구요
고궁의 돌담길도 좋겠네요
풍뎅이가 농익은 과실의 단맛을
맘껏 빨아들이는 때, 흰곰이 북극의 얼음을 지칠 때
딸아이의 환한 웃음이 아직 벚꽃가지에 걸려 있네요
봄 여름 가을 겨울
애써 자라던 모든 것들은 결국 사랑,
사랑이었습니다
달려오는 가을 산은
거대한 사랑의 후폭풍입니다
아침해가 떠오릅니다
사랑의 순환열차라 부르겠습니다
비 그친 가을 햇볕에 나섭니다

빈 들에 서서

추수 끝난 빈 들에
다시 서 본다
들판이 저리 거치른 것이
올해는 풍년농사가 아니었다
농사에 연습은 없는 것인데
몇 번의 모내기가 더 남았나
몇 번의 빈 들판이 더 남았나
추수는 끝났고
낟알로 배를 채운 물오리 떼도 떠났다
잘려진 벼 포기에 싹이 돋았다
무서리 지기 전에
내년 봄 거름이 될
자운영 꽃씨를 뿌려야겠다

이 시대의 청소법

누가 그랬다 마누라한테 집안 청소 좀 하랬더니
어지러진 물건들을 장롱이며 찬장 속에 다 쑤셔 박고 있더라고
청소하랬더니 숨기고 있더라고 아하, 그게 청소 아닌가
그리하여 세상은 이리 조용하고 깔끔한 것이 아니겠는가

나도 아침부터 쟁반에 굴러다닌 귤 몇 개와
쌀밥과, 마누라가 왕창 끓여 놓은 곰국물을 습관적으로 내 뱃속
에 숨겼다
그리고 나서 오줌과 똥은 변기 속에 숨기고 변기는 물속에 숨기
고 고랑물은 강물에, 강물은 바다에, 바다는 다시 숨 쉬고 사는 것
들에게 고루 숨기고
어중간한 것들은 죄다 땅속에 숨기고

시

압도하라 시여
시여 압도하라
밀려오는 해일에 형식은 없다
쓸고 간 자리엔 맑은 폐허뿐이다
꽂혀라 시여
시여 꽂혀라
날아오는 화살에 의미는 없다
가슴에 꽂히고도 더 날아갈 힘으로
꼬리가 부르르 떠는
오 시여, 화살이여
과녁을 향해 무서운 속도로 날아가는
속도와 힘이 하나인
직관의 힘으로 꽂히는 화살이여!

귀뚜라미

귀뚜라미가 운다
배우지 않고도
철을 알아서 운다
사람들도 운다
더 이상 궁금한 것 없으면
새삼 그리울까?
귀뚜라미 울음
그치고 비 온다
꼬박 하루를 더 와
눈물바람 끝에
가을 하늘이다

샹그리라

샹그리라
영원히 썩지 않을
정신의 빙하지대여

모든 것을 잃고 문득
세상의 처음이 궁금해질 때
청천하늘의 실금을 따라 오르는 샹그리라여

에델바이스를 뜯는 산양 떼들
진주호수, 옥빛 물결에 걸린
신산神山의 눈부신 장삼자락이여

감자 캐는 농부는 샹그리라를 모른다 하고
밤마다 처마에 걸린 별을 잊은 건
나의 죄였다

목련

겨울날 보았지
해 쪽으로 뻗은 목련가지의 끄트머리에
꼭 맺힌 무수한 마침표들

잎보다 먼저 피는
그 꽃잎 턱턱 지고
비가 오고,
챙이 같은 잎 그늘에 말매미 울고

또 비가 와서

언 강 풀리는 햇살 아래에서
나는 다시 보았지
공중에 맺힌 무수한 쉼표들을

참 많겠네

밤이 깊을수록
길들은 더 소란스러워지네

멍하니 서 있던 로터리 가등들이
모처럼 밥값을 하네

들논 이삭에는 여물이 차고
앞산에는 추석달이 차네

고추 널린 작은방을 치우고
대목 새벽장 보러 가는 엄니들이
참 많겠네

코스모스

고개를 넘던 여객버스는
펑크가 나서 주저앉았다

빨간 넥타이에 정종 병과
사과 광주리를 든 사람들이 신작로를 따라
걷기 시작했다

고갯마루가 홍성하였다

코스모스 3

한 잎 따고
가위 바위 보

두 잎 따고
고추잠자리

고무신 붕붕
엉금엉금 꿀벌

낚시터에서

바다 가운데로 뻗은 방파제의 끝에서
사람들은 탕, 낚싯대를 쏜다
퍼덕거리는 힘찬 물살 하나 건져보겠다고
용을 써보지만 바다는
작은 비늘 하나 쉬이 내주지 않는다
오히려 갈매기를 띄워 하늘을 보라 한다
방파제에 새겨진 물금 대신
멀리 수평선을 보라 한다
낮게 웅크린 섬마을을 보라 한다
날카로운 미늘로도 꿸 수 있는 것은
많지 않다고, 마지막 채비가 터지기 전에
접을 줄도 알아야 한다고

가을 바다

바다에 가면, 바닷가에 서면
물새 되어 날고픈 건 아이들의 꿈
우리는 거칠어진 손금을 주머니에 찌른 채
미동도 없는 가을 바다를 바라볼 뿐이다

모래알보다 희고 고운 재를
강물에 뿌려 보내고,
빈손을 찬찬히 부비는 가을 바다의
쓸쓸한 이야기나 들어야 한다

세월 같은 것, 밀려오는 슬픔 같은 것
아득한 백사장 어디에나 불고
해송의 잔가지를 흔드는 그 바람결에
우리의 귓불을 맡겨야 한다

입 없는 말을 건네고
온 바다가 눈부시게 빛나게 되면
우린 가을 바다 하나씩을 가슴에 담고
오랜 그 길을 되돌아와야 한다

가을

들판도 노을 따라
서산을 넘어갈 기세다

벚나무 가지가
햇볕을 다 가리지 못하고

강물에 드리운 산 그림자는
먼 데부터 붉다

새벽잠 깨어

문득 새벽잠 깨어
표지 없는 서책처럼 앉아 있다

아무 궁리도 없이 떨어지는 낙숫물 소리

드는 틈새를
귀뚜라미 울음소리가 메꾸고 있다

족욕기

거실 가운데서 족욕기가 끓는다
잊을 만하면 다시 부글부글 끓인다
고뿔 난 아들놈이 끓이고 발목이
부은 마누라가 앉는다 시간은
밤 12시, 나는 소리를 꽥 질렀고
마누라는 두 손으로 머리를 감싼다
내년에 다정이 대학가믄 당신 농사로는
택도 없어, 아내는 젊은 날 노조를 만들어
싸우던 회사에 설계사로 다시 나가기
시작했다 순천까지 나갔다가 저녁을 거르고
돌아온 아내가 무릎에 얼굴을 묻고
운다 창밖 겨울비 소리는 더 굵어지고
족욕기가 뜨거운 입김을 불어
아내의 부은 발목을 가려준다

햇살 앞으로

가장 어둡고 차가운 시간
그러기에 스스로 열리며 묽어지는 시간
소리도 없이 와 닿는 배의 이물처럼
앞산이 천천히 이마를 대면
또다시 하루치의 소음이 부화하기 시작한다
한 번도 앞서 본 적이 없는 안개에 젖은 가로수와
새벽일 나서는 마을 아짐의 뒤를 따라
오늘은 나도 첫 목욕을 하러 가야겠다
평생 동안 작품을 팔아 본 적이 없고
팔래야 팔 수도 없고
돈으로도 살 수가 없었던
뒤샹과 요제프 보이스의 작품들처럼,
이 새벽처럼, 안개로 이를 닦고
바꿀 수 없는 몸의
물기를 닦아내고 햇살 앞으로

개

겨울철마다 오르는 부용산 초입
작년에도 보았던 그 개가 쪼르르
달려 나와 나를 보고 짖기 시작한다
분홍 스웨터를 입은 주먹만 한 몰티즈
일 년 만에 폭삭 늙어 눈꼽이 끼고
가래가 끓는 목소리로 짖어 댄다
작고 늙은 몸뚱이를 짜내어 짖는다
그것이 지의 본성이라는 듯
받아들여야 할 운명이라는 듯
필생의 의무라는 듯
개라는 사실을 알고 있다는 표정으로
나를 보고 짖는다

원조 꼬막식당

저마다 원조를 외치는
벌교 읍내 꼬막식당들
꼬막 맛의 원조는 꼬막일 테지만
식당의 원조는 따로 있음이 분명할 터
생각하면 기막히고 원통한 일인데
무슨 유구한 역사처럼 거리에 즐비하다*
다들 알면서도 모를 것이라 생각하면서
알아도 그만 몰라도 그만이라면서
어서 오라 이리로 오라
연신 읍하며 사람들을 부른다

* 김수영의 시구절에서 인용

탱자꽃 피면

탱자꽃 피면
옛사랑이 돌아올까

가시에 진
아픈 사랑

봄비 내리고
다시 탱자꽃 환히 피면

옛사랑이 돌아올까
저 남새밭 건너올까

참새들만 왁자한
가시 울타리

넘지 못하는 시간 앞에서
긁힌 바람만
얼굴을 스쳐간다

햅쌀 한 줌

아직 식지 않은
햅쌀 한 줌 쥐어본다

손아귀에 꽉 찬다

내가 세상에 내놓은
가장 당당한 자식

가로수

사람들과 차에게 길을 내어주고

도열해 있는 가로수들,

아직 오지 않은 그 무엇을 기다리고 있다

감꽃

아 감꽃이 필 때구나
장독대에 수북이 쌓이던 감꽃
실에 꿰어 목도리하고
소꿉놀이 같이하던 아랫집 가시내
검정치마 고무신에 얼굴도 유난히
까맣던 그 가시내가
갑자기 몇 날이고 보이지 않았지
감꽃이 누렇게 지고 있었지
마실 나온 동네 엄마들이 수군거리는
소리를 잠결에 들었지
지동댁 막둥이 딸이 뇌염으로 죽었다는

농사시편

벼들의 잔뿌리 모두 끊어지고
손날이 통째로 들어가게 쩍쩍
갈라 터진 간척지 논바닥,
한번은 말려야, 이리 한번은 갈라 터져야
뿌리 깊어지고 이삭 실하다
나락의 잎싹마저 삐들삐들 꼬이는
들논 물꼬에 물 들어간다
한 단지를 건너온 양수기 호스에서
찬물 들어간다
벌컥벌컥 퍼 마신다, 봐라!
이삭 새끼 밴 통통한 볏대들,
밑동에 물 닿는 벼 폭시마다, 좌악
쳐올리는 공작새 꼬랑지마냥 진저리를 치고,
햇살에 번들거리는 나락 잎새가
때마침 열광하는 관중들의 파도타기가 되어
몇 번이고, 몇 번이고 물결쳐 간다

농사시편 2

식구대로 날던 백로 떼
강 건너 솔밭에 소금꽃으로 잦아들고
방죽의 달맞이꽃 들뜬 숨으로 피기 시작하면
인적 끊어진 들논은 갑자기 부산해지기 시작한다

갈대를 흔들며 먼 길 달려온
하늬바람은 분주히 논둑길을 오가고,
풀벌레들은 무슨 신호인양 울기 시작한다
처서 지난 만삭의 논배미들, 서둘러
몸 푸는 나락들이 써 대는 힘으로
서늘한 달빛조차 튕겨 오를 듯 팽팽하다

더, 더 힘을 주라! 바람은 애가 타서
논둑길을 내달리고, 벌레들은 그렇지! 그렇지!
목이 터져라 울어준다

첫 태양의 젖꼭지를 물리기 위하여
나락은 지친 바람의 머리끄덩이라도 붙잡고
온 힘을 써서 이삭을 밀어 올리고
새벽이슬은 어린것들을 씻기운다

가을 역에서

나는 이제
막차를 기다리고 있다

열차의 뒤꽁무니가 빠져나가던
코스모스 너울지는 아득한 레일의
반대편에 눈길을 두고

그 사람이 타고 있을,
내가 오를 기차를 기다린다
가벼운 외투 한 벌과
나누어 쓸 우산 하나만 가지고
혼자뿐인 플랫폼의 난간에 서 있다

코스모스 한들거리는
가을 역에서

나는 이제 막차를 기다리고 있다
누구나 한 번은 서성였을
사랑이란 간이역의 플랫폼에서

터미널 앞 보광병원

대문 앞 골목에서 쓰러졌다는
광종이 엄마는 나를 알아보았지만
한마디 말도 하질 못했다
허물어진 입으로 달싹였지만
무슨 말인지 알아들을 수가 없었다
말 많고 당차던 그 양반은 하얗게
작아지면서 멀어져가고 있었다
가족 같은 사람들은 보이질 않고
도우미 아줌마 한 명이
여섯 명의 할머니들을 돌보고 있었다
기저귀와 소변통을 차고
젖병을 문 아가들처럼 침대에
누워 뒹구는 노인네들,
벌어진 입으로 멍하니
천장을 올려다보고 있었다
무슨 모빌이라도
돌고 있는 것처럼

청정淸淨

구르는 낙엽이 실패가 아니고
잎 없는 늦가을의 나무가 가난이 아니듯

낫 들어 우득 베일 벼 폭시가 있고
찬 땅에서 눈뜨는 밀 싹이 있음에야

추수 끝난 빈 들에 꽂혀
두 눈을 말리는 저 허수아비도
결코 헛된 삶은 아니었으리

추수날의 메모

한 생을 부지런히 살아온 것들은
저리 눈부시게 빛나는구나
익은 들녘에서 번져오는 가을햇살이여

감나무 땡감들이 꽃등처럼 걸리고
풍경소리에도 실금이 갈 것 같은 하늘 아래
들판에서는 가실이 한창이다
논둑에는 배부른 가마니가 쌓이고
눈 씻고 봐도 없던 참 나르는 젊은 처자에
아이들의 웃음소리까지 들린다

헛도깨비 놀음에 세상은 요란해도
올 농사 이만하면,
오늘은 막걸리가 석잔이다

사람 욕심 중에 가을들판만한 것이 있으랴
거두고 버리는 것이 나락과 건불뿐이랴

하루 온 햇살을 들녘에서 받는 날,
콤바인도 시원하게 논배미를 돌아나가고

살집 좋은 볏단에 앉아
담배 한 대 맛나게 피는 노인네의 흰머리가
오늘은 너무나 눈부시구나

청벌레 한 마리

가을날 오후
마룻장을 기어가는 청벌레 한 마리
배추잎도 아닌 마루 끝을 부지런히 기어간다
건너편 모과나무 가지에 마침내 화려하게
우화할 고치라도 짓겠다는 것인가
노리는 새의 눈도 두렵지 않다는 듯,
질색하는 마누라의 빗자루도 상관없다는 듯
지 갈 길을 간다 좌고우면 없이
빠꾸가 없이 간다
부는 바람에 건들건들 가지 않고
한 걸음 한 걸음이 오체투지다
몸뚱이가 그대로 방향이 되어
하나뿐인 절절한 눈이 되어 간다
지 온몸이 파도가 되어,
너울이 되어 가고 있는 청벌레 한 마리

새벽비

빗소리지여 바깥에
더 이상 젖을 곡식은 없지에
이 비 그치면 소설小雪이겄네에
서리 진 논배미 서쪽 하늘로
기러기 떼 무디게 날겄지에
억새꽃 다 지고 황국도 시들면
겨울이겄네에 문고리 달라붙는
삼동이겄네에 뒤안 장독대 얼음 뜬
동치미 건져다가 고구마 묵던
시절이 있었지에
구운 고구마 속살 같은 봉창문이
밤새 익어가던 그런 밤이 있었지에
쇠죽 쑤는 일꾼 방 물 축인 새끼줄
막걸리 담뱃진 절은내 새삼 생각키겄네에
헛청 아래 삽자루 마르고 사람 안 다니는
논둑에는 겨울 보리고랑만 푸릇푸릇하겄네에

추수가 끝나고

추수가 끝났다 대 풍작이다
2만 평의 나락을 몽땅 쓸어다가
마당가운데 쌓아 놓고 술을 마신다

흥성하던 논두렁의 땀이 식고
곡통 속에서 휘돌던 나락도 식는다
식으면서 점점 무거워진다
톤백이 눌린다

추수는 끝났고 겨울만 남았다
저 나락을 다 돈 사야 한 해를 버티는
씁쓸하고 빡신 농사만 남았다

토방에 주저앉아 남은 술 마시노라니
마당가의 수북한 바랭이 풀씨는 바람에 흔들리고
폭주족의 오토바이는 내 뺨을 갈기고 간다

수백 집이 먹고도 남을 쌀을 쌓아놓고
한 해 밥벌이를 고민하는 늦가을 오후
어디서부터인지,

그 시작도 가닥도 추려지지가 않는,
마침내 내 죄인 것 같은
풍년도 서러운 나락이 식어간다

노동의 추억

농한기에 창고 하나를 손수 지어본다
붉게 튀기는 쇳가루와 용접봉 녹는 냄새를 맡다 보니
시멘트 땟국물이 흐르는 얼굴로
스티로폼 위에서 짜장면을 먹던 기억이 새롭다
그들 따라서 짜장면 그릇에 부은 소주 한 병을
단 세 모금에 마셔도 보았지만,
칼칼하게 날리던 시멘트 먼지와 튕기는
철근토막 같은 그들의 삶은
야리끼리로 날라야 할 자갈더미로만 보였다

물나라시를 잡은 공구리 바닥에 기둥이 서고
이제는 창고 하나 짓는 일이 즐겁다고 느껴지는데
부랴부랴 오후에는 콤바인을 끌고 나가
쓰러져 싹이 터버린 논바닥에서 실갱이를 한다
논 주인은 애가 타고, 벨트를 갈고, 체인을 갈고
금세 하루해도 간다

가지가지의 노동이여
즐거움이 되는 팍팍한 추억의 노동이여

어둑해진 논둑길을 터덕터덕 걸어오며
내 몸이 부디 물처럼 흐르기를 바랄 뿐이다

사는 꼴

여섯시 내고향을 봐도
선진지란 데 견학을 가봐도
농사꾼들 사는 데는
어찌 그리 똑같은지

읍내에 느는 것은 장례식장뿐이고
그나마 번듯한 건물은
관공서와 농협이란 것까지…

감나무

지난해 태풍에 쓰러진
뒷들 감나무 한 그루

죽은 줄로만 알았는데,
드러누운 채로 감을 달았다
뽑히지 않은 뿌리 한 가닥으로
하늘 높이 감을 쳐들었다

어지간한 바람에는 꿈쩍도 없이
늦가을 붉은 대봉시로 익었고
나는 그 감을 까치밥으로 남겨 두었다

한의원에 가서 눕다

몸 생기곤 처음으로
한의원 돌침대 하나 깔고 엎드렸다
온 삭신이 쑤시고 아픈 할머니들 틈에 누웠다
중년 간호사가 능숙하게
허리와 엉덩짝에 침을 놓고 부황을 뜬다
노는 철의 호사라 볼 수밖에 없는데
서로 인사를 건네며 할머니들이 계속 들어온다
습관처럼 옷을 걷어 올리고
시커먼 부황 자욱 위에 또 부황을 뜬다

항생제와 메스로도 어찌할 수 없는
바람의 흔적들이다
전기와 부황으로 아무리 쥐어짜도
더 이상 길어 올릴 두레박이 말라버린 우물들
오래된 집들

짚가리 냄새를 풍기며
잠깐 얻어 쬐인 온기라도 식을 듯
서둘러 군내버스에 줄줄이 몸을 싣는다

보성행 군내버스

벌교 새벽장을 본 생선대야며
나물보따리가 이리저리 뒹구는
장꾼들 틈에 끼어 보성에 간다
젊은 기사는 구간마다 내리요 안 내리요 악을 쓰고
비닐봉다리에서 때 절은 지폐를 뒤적이던 할머니는
그 틈에 슬그머니 자리를 잡는다
용을 쓰고 버스가 출발하면
아무 데나 주저앉은 장터 아짐들은 물건 시세로,
객지 나간 자식들 자랑으로 한참 새살을 하다가
하나같이 날만 궂으면 쑤셔오는 삭신이 아프다
득량 군머리, 논길에서 손 저으며 뛰어오는 노인네를
못 본 듯이 차는 뜨고
졸업식도 하기 전에 공장으로 팔려나갈 계집애들은
차창으로 흘러오는 두엄냄새에 애써 코를 막는다
젊고 기름진 것들은 죄다 실어 보내고
이빨 빠진 노인네 해소기침으로나 쿨럭이는
보성행 군내버스

추운 날

눈바람 불고
올 들어 가장 추운 날

아직 이름도 없는
우리 집 강아지 한 마리는
내가 보이는 거실 창가를
떠날 줄 모른다

알록달록 4마리는 벌써 살 데로 갔고
둘만 남은 하얀 강아지,

어제 오후 한 마리가
트렁크에 실려 울산으로 갔다

시라시그물

바닷가 마을 사람들이 밤을 새워
시라시그물을 짠다
정월이 되면 모기장보다 더 촘촘한
시라시그물이 하구의 길목마다 펼쳐질 것이다
강으로 거슬러 오르는 머리카락 같은
민물장어의 치어들이 빠져나가지 못할 시라시그물
평생을, 거친 여울과 좁아지는 그물코를 빠져나오느라,
더러 손가락이 뭉개지고 흉터투성이인 늙은 어부들이
밤을 새워 시라시그물을 짠다
가도가도 만나지 못할 강의 하구에서
늙은 어부들은 밤새워 그물을 짜고
더 이상 맑고 가늘어질 수 없는 시라시들은
겨울바다를 거슬러 오른다

맺음

지난 20여 년의 시간들을 한 권의 책으로 엮는 데 생각보다 담담한 마음이다. 마치 언젠가는 이 모든 편지들이 하나로 묶여서 세상에 던져질 것을 알고나 있었듯이.

일하다가 논둑에서 중얼거리던 말들, 해질녘 마루에서 막걸리 한 잔 하면서, 새벽에 깨어 막막하던 것들을 시집으로 묶어놓아서 그런 것인가.

시를 배운 적도 없고, 지금도 시가 무엇인지 잘 모르겠다. 여태껏 시는 언어의 예술이라는 말도 반만 믿고 살았다. 아득하기는 마찬가지다.

이렇게 묶어놓고 보니 한없이 초라하고 거칠다. 땅은 거짓말을 못하니 어쩔 것인가. 추수 끝난 들녘에 오래 쭈그리고 앉아 있는 것만큼 청승맞고 쪽팔린 것도 없다.

여기에 다 묻고 간다.

무성했던 것들은 나락이든 잡초든 거름이 될 것이다. 더 부지런을 떠는 수밖에 없다.

시집이 돈이 되지 않는 시절에 나를 믿고 보잘것없는 내 농사를 한 권의 시집으로 출판해 준 '책이있는마을'에 감사를 드린다. 주저하고 헤매는 나에게 엄청난 힘이 되어준 손승휘 작가님에게 무한한 감사를 드린다. 가끔씩 동인의 고정희, 권선옥, 김환성, 박광진, 유승진, 이미경, 정재숙, 조정업, 홍승호 문우님들에게도 정말 말할 수 없는 감사를 드린다.

다정이와 도훈이, 사랑하는 우리 가족과 나를 기억하는 모든 벗님들과 이 땅에서 아직도 꿋꿋이 농사를 짓고 있는 농사형제들에게 이 시집을 바친다.

정월 대보름 여자만에서, 선종구